흔들리며 피는 꽃

샨티에서는 책을 만드는 사람과 읽는 사람이 직접 소통하고 나누기 위해 회원제도를 두었습니다. 회원님들은 책을 저렴하게 받아보실 수 있고, 저희는 더 좋은 책을 만드는 일에 마음을 모을 수 있습니다. 또한 샨티에서는 책에 실린 내용을 워크숍이나 세미나 등을 통해 회원님들과 함께 경험하고 나누는 기회도 꾸준히 만들고 있습니다. 회원에는 잎새·줄기·뿌리(개인/기업)회원이 있으며, 자세한 내용은 샨티의 블로그 http://blog.naver.com/shantibooks에서 살펴보실 수 있습니다.

회원이 아니더라도 이메일(shantibooks@naver.com)로 이름과 이메일, 전화번호를 보내주시면 독자회원으로 등록되어 신간과 각종 행사 안내를 받아보실 수 있습니다.

흔들리며 피는 꽃

2003년 5월 15일 초판 1쇄 발행. 2017년 9월 13일 초판 10쇄 발행. 문경보가 쓰고 이홍용과 박정은이 기획하여 펴냅니다. 윤루시아가 표지 및 본문 그림을 그렸고, 디자인은 끄레 어소시에이츠에서 하였습니다. 인쇄는 수이북스, 제본은 성화제책에서 하였습니다. 출판사 등록일 및 등록번호는 2003. 2. 6. 제10-2567호이고, 주소는 03986 서울시 마포구 성미산로 16길 18, 전화는 (02) 3143-6360, 팩스는 (02) 02-6455-6367, 이메일은 shantibooks@naver.com입니다. 이 책의 ISBN은 89-953922-2-3 03810이고, 정가는 13,000원입니다.

이 도서의 국립중앙도서관 출판시도서목록(CIP)은 e-CIP홈페이지(http://www.nl.go.kr/ecip)와 국가자료공동목록시스템(http://www.nl.go.kr/kolisnet)에서 이용하실 수 있습니다.(CIP제어번호: CIP2012000588)

흔들리며 피는 꽃

문경보

【샨티】

책을 펴내며

참 부끄러운 맘으로

제 고향은 제주도입니다. 바다 저편을 꿈꾸며 어린 시절을 보냈고, 어른이 된 지금도 바다 저편을 꿈꾸는 어린아이의 마음에서 벗어나지 못하고 있습니다. 그래서 가끔 현실에서 벗어나 어디론가 떠나고 싶은 충동에 휩싸이곤 합니다. 그때마다 제게 평온을 선물하는 것은 믿음의 힘입니다. 그리고 그 믿음을 선물하는 구체적 존재는 대광고등학교의 모든 식구들입니다. '경천애인'(敬天愛人), '하늘을 무서워할 줄 알고 이웃을 사랑할 줄 아는 사람'을 만들고자 세워진 이 학교는 제 모교이기도 하고, 제가 국어 교사로 자리매김하고 있는 곳이기도 합니다. 이 책에 새겨놓은 여러 이야기들은 모교의 터 안에서 만난 학생과 동료 선생님들의 이야기입니다. 저는 그것을 전달하는 메신저에 불과합니다. 행여 그 전달자의 소임마저 제대로 하지 못할까 두렵습니다. 부탁합니다. 겉에 드러난 이야기보다 글 속에 숨어 있는 제 맘을 헤아려주시는 여러분들의 넉넉한 지혜를 감히 원합니다.

벌써 교단에 선 지 13년이 되었습니다. 그 중에 대광중학교에서 8년, 대광고등학교에서 3년 동안 선생의 자리를 지키면서 참 많은 아이들과 만났습니다. 제가 가까이 가기에는 너무 먼 곳에 있어 발만 동동 구르며 바라볼 수밖에 없었던 아이부터 저에게 오히려 많은 가르침을 주었던 아이 이야기까지 여러분들에게 들려드리고자 합니다. 여기에 적힌 아이들의 이름은 모두 진짜 이름이 아님을 우선 밝힙니다. 행여 그 아이에게 또 다른 아픔이 될까봐 이름을 다르게 썼습니다. 이해 바랍니다.

학교에서 벌어지는 가슴 답답한 일들이 자주 들려옵니다. 그러나 분명 교육은 희망을 가르치는 것이며 아이들은 우리의 희망일 수밖에 없다는 사실을 확인하고 싶은 마음에서 저는 계속해서 아이들의 이야기를 글로 쓸 것입니다. 그것은 아이들밖에 가진 것이 없는 교사가 올곧게 살아갈 수 있는 유일한 방법이기 때문입니다.

2003년 새싹 돋는 봄 문경보

차례

2

3

프롤로그

세상, 가장 빛나는 곳에서

무리수를 두고 있는 것은 아닐까? 이 년 동안 착실하게 근무했던 학교, 강남 8학군, 그 중에서도 가장 노른자위에 있다는 ㅈ중학교를 뒤로 한 채 강북에 있는 대광중학교로 전근을 온 것은 과연 잘한 일일까? 모교인 대광고등학교에 대한 애착과 향수 때문에 그 언저리에 있는 중학교에서라도 근무하고 싶은 마음에서 비롯된 단순한 행동은 아닐까?

이곳에서의 생활은 이렇듯 망설임으로 시작되었다.

첫날, 첫 수업. 교실에 들어섰다. 사십오 분은 그야말로 즐거운 웃음소리와 신나는 외마디 소리로 꾸려졌다. 나는 훨훨 날갯짓하며 신들린 듯 수업을 했고, 아이들은 그런 나에게 곧장 '움직이는 쇼 비디오 자키' 라는 별명을 지어주었다. 그런데 수업을 마치고 교실 문을 나서는 내 기분은 별로 좋지 않았다. 뭔가 꺼림칙했다. 이내 교실이 어둡기 때문이라는 것을 알아차렸다. 곧장 교장실로 성큼성큼 걸음을 옮겼다. 그때 누군가 내 어깨를 툭 쳤다.

"문 선생님 어디 가세요?"

국어 교과 부장 염명기 선생님이다.

"교실 조명이 너무 어두워서 교장 선생님께 말씀드리려고요."

염 선생님께서 씩 웃으셨다. 얼굴에 패인 주름과 하얀 머리, 그것만으로도 교육에 정열과 아픔을 모두 바쳤음을 알 수 있는 선생님이었다. 염 선생님은 내 어깨에 손을 얹고 말씀하셨다.

"한 시간 수업 더 하시면서 잘 살펴보고 그 다음에 생각해 보세요. 아, 그리고 의욕이 경험을 앞지르면 가끔 팔이 부러지니 조심하시구요."

고등학교 시절부터 존경해 오던 선생님의 말씀이어서 난 따르기로 했다. 다음 시간 2학년 4반 교실에 들어섰다. 아이들의 얼굴은 막 웃음꽃을 터뜨리려는 꽃봉오리 같았다. 난 출석부를 펼쳐들고 아이들의 이름을 부르기 시작했다. 일곱 명쯤 불렀을까? 나는 얼어붙고 말았다. 교실의 조명 시설은 문제가 없었던 것이다. 오히려 전에 근무하던 학교보다 형광등이 하나 더 켜져 있는데다 삼월의 햇살은 교실 안에 곱게 부서져내리고 있었다. 그런데도 교실은 어두워 보였다. 나는 몰랐던 것이다. 강남 지역의 아이들은 영양 상태가 좋아서 얼굴이 뽀얗고 이곳의 아이들은 얼굴빛이 어둡다는 사실을…… 이곳 중학교 아이들의 얼굴에서 묻어나온 가난의 빛이 교실을 어둡게 만들고 있었다. 어금니를 와드득 악물었다. 나도 모르는 사이에 눈물이 흘러내렸다. 출석부를 내려놓고 창가로 가서 하늘을 바라보았다.

나는 무척이나 가난하게 살아왔고 지금도 가난하다. 가난이라면 지긋지긋한 사람이다. 그래서 제일 싫어하는 속담이 "젊어 고생은 사서도 한다"라는 말이고 제일 슬픈 노래가 송대관 씨의 〈해뜰 날〉이라고 생각하며 살아온 사람이다. 문득 이전 중학교를 떠나야겠다고 결심하게 된 결정적인 사건이 떠올랐다.

싸움이 붙었다. 학교에서 일어나는 싸움이 대개 그렇기는 하지만, 도무지 두 아이가 왜 싸움이 붙었는지 알다가도 모를 일이었다. 그런데 그 두 아이의 싸움은 너무 치열했다. 나중에 두 아이를 간신히 떼어놓고 그 이유를 캐보니, 그야말로 입을 다물 수밖

에 없었다.

한 아이 집에는 자가용이 한 대 있고, 다른 아이 집에는 자가용이 두 대 있는데, 자가용 두 대 있는 집안의 아이가 자가용 한 대 있는 집안의 아이를 가난하다고 놀렸단다. 자가용을 한 대밖에 못 가진 집안의 아이는 자신이 가난하다는 사실을 견딜 수 없었고, 그래서 자기를 놀린 아이를 향해 주먹을 날렸다는 것이다. 싸움을 말리는 나는 정작 자가용 한 대도 없는데……

한 끼 밥을 걱정하는 것이 아니라 자가용 한 대밖에 없는 것을 가난이라고 생각하다니, 그때 나는 너무나 큰 벽을 느꼈다.

그런데 지금 여기에서는 전혀 반대의 상황이 나를 힘겹게 하고 있는 것이다. 나는 갈피를 못 잡고 흔들렸다. 마음속에서 요란한 소리들이 나를 계속해서 흔들었다.

가난한 집안의 아이들이 세상을 걸어가면서 셀 수 없이 많은 '좌절'과 억울하게 '포기'해야 하는 상황을 만난다는 사실을 나는 알고 있었다. 어쩌면 가난한 집안의 아이들은 철저하게 아부하거나 외고집을 부려야만 세상을 살아가게 될지도 모른다. 그것이 싫어서, 가난이 싫어서, 많은 것에서 도망쳐 나온 나를, 이제 너나없이 모두가 가난한 이곳으로 보낸 신이 원망스러웠다.

그때였다. 나는 음성을 들었다. 내면의 울림이었는지, 신의 속삭임이었는지는 지금도 알 수가 없다.

"애야! 많이 힘드니? 그래, 네가 아이들의 가난을 해결해 주지는 못하겠지. 하지만 아이들의 아픔을 들어주고 아이들 옆에 있어줄 수는 있지 않니? 가난한 집 아이들이 겪어야 할 아픔을 잘 알고 있는 네가 그 아픔을 함께 나눌 수는 있지 않겠니?"

수업을 마치는 종이 울렸다. 한 시간 내내 나는 울기만 했던 것이다. 아이들은 출석을 부르다 말고 한 시간 동안 창밖을 보며 울기만 하는 선생 앞에서 어쩔 줄 모르고 있었다.

"여러분! 사랑해 보았습니까? 그 아픔의 시간, 온몸이 부서지는 것 같은 고통의 시간을 여러분은 아직 경험해 보지 못했을 겁니다. 선생님도 그래요. 그런데요, 이제 선생님은 여러분을 사랑할 것 같습니다. 온몸이 뜨거움으로 불타 상처투성이가 되더라도 여러분을 꼭 껴안고 살아가는 바보가 될 것 같습니다. 여러분 우리 힘겹지만 함께 사랑하는 시간들을 앞으로 만들어나갑시다."

난 그때 아이들의 눈에서 세상 그 어느 것보다 맑고 아름다운 빛을 보았다. 가난 따위야 넉넉히 헤쳐나갈 수 있는 사랑의 빛을. 그리고 교실 안이 그 빛으로 환하게 가득 채워지는 모습을 보았다. 그 빛은 지금도 꺼지지 않는 불꽃이 되어 내 마음속에서 활활 타오르고 있다.

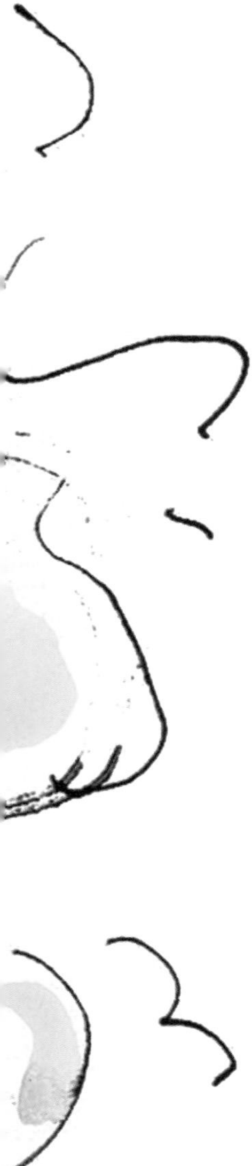

나는 아무것도 해줄 수 없었다. 그 사실이 슬펐다. …… 그저 이따금 운동장에서 조그만 야구공으로 축구를 하고, 매점에서 함께 떡볶이를 허겁지겁 먹기도 하고, 강당 앞에 앉아서 비둘기들과 함께 빵을 나누어 먹는 것, 그게 다였다.

내 몸을 기꺼이 내줄게

새싹 돋는 진짜 나무들에게

"선생님! 정말 저희가 전교생 앞에서 연극을 해요?"

"서…… 선생님, 저…… 저…… 저는 글…… 잘…… 잘 못 읽는데……"

중학교 1학년 까까머리들은 아직도 믿어지지 않는 표정이다. 아마도 연극을 한다는 게 아이들에겐 꿈속에서나 볼 수 있는 황금의 도시를 만난 놀라움만큼이나 큰 사건인가 보다.

학교 개교 기념 잔치가 성큼성큼 다가오던 어느 날, 나는 저 유명한 쉘 실버스타인의 작품 〈아낌없이 주는 나무〉 공연 계획을 세우고 아이들을 모집했다. 재주가 있고, 능력이 뛰어나고, 성실한 아이들은 개교 기념 잔치 마당에서 이미 한몫을 맡아 저마다

구슬땀을 흘리고 있었다. 그러나 구석에 멍하니 앉아 구경만 하는 아이들도 있게 마련이다. 성적은 바닥이고, 국어 책도 제대로 읽지 못하고, 사칙 연산을 미로 풀기 게임보다 더 어렵게 생각하는 아이들. 한 반에 한 명은 꼭 있게 마련인 꼴찌, 학습 부진아…… 친구에게도 늘 무시당하고, 교사와 부모의 한숨 속에서 살아가는 아이들. 중학교 1학년이 될 때까지 다른 사람에게 자신을 자랑스럽게 내보인 일이 별로 없는 그 아이들의 마음에 나는 희망의 씨앗 하나를 심고 싶었다. 그러나 그것은 그리 쉬운 여행이 아니었다.

첫째 날.

아이들과의 첫 대면식. 신기하게도 단 한 명도, 단 일 분도 아이들은 늦지 않았다. 그런데 갑자기 영식이가 픽 쓰러진다.

"선생님. 영식이 영양실조래요."

병원에 가서 영양 주사를 맞히고 영식이와 함께 저녁을 먹었다. 연습은 하나도 못했다. 연습이 없었는데도 아이들과 나는 오후부터 밤까지 함께 있었다. 영식이를 둘러싸고 함께 있었다. 덕분에 아이들 간식비로 나온 보름치 예산이 모두 거덜났다.

둘째 날.

〈아낌없이 주는 나무〉를 아이들에게 읽어주었다. 너무나 열심히 듣는 아이들. 느낌을 물어보았다. 모두 웃기만 한다. 내용을 물어보았다. 열두 명 아이들 가운데 두 명만 내용을 기억한다. 열 명은 내용이 뭘 말하는지 모르겠단다. 절망의 하루.

셋째 날.

"선생님. 우리 엄마가 연극하지 말래요."

기호가 말한다.

"왜?"

"〈아낌없이 주련다〉는 성인용이라고 애들이 하는 거 아니래요."

푸하하 웃었다. 그런데 아이들은 아무도 웃지 않는다.

"야, 임마! 〈아낌없이 주는 나무〉야. 엄마에게 말씀드려. 〈아낌없이 주련다〉가 아니라고!"

"선생님. 기호 대가리 닭 대가리예요. 재는 집에 가면 또 잊어버릴 거예요."

기호가 기죽지 않고 대뜸 말을 받는다.

"선생님. 저, 정말 닭대가리거든요. 그런데 연극을 잘할 수 있을까요?"

진지한 기호의 물음. 나는 기호의 어깨를 치며 말했다.

"그럼!"

우리는 프로젝터를 이용해 〈아낌없이 주는 나무〉를 그림으로 봤다. 튀긴 닭을 맛있게 먹으면서, 기호에게 용기를 주면서……

넷째 날.

배역을 정했다. 영식이는 나무, 기호는 소년 1, 석형이는 소년 2, 민수와 대식이는 변사 1 · 2, 연수는 여장 남자, 재혁이와 태전이와 궁인이는 나무줄기 역을 맡고, 경수는 배경 음악, 병훈이는 프로젝터, 태균이는 무대 장치를 담당하기로 했다. 아이들은 서로 좋은 역을 맡겠다고 싸우지도 않는다. 그리고 아직은 공연을 위해 자기가 어떤 일을 해야 하는지도 잘 모르고 있다. 다만 자신들이 무엇인가 의미 있는 일을 하고 있다는 걸 실감하기 시작한 것 같다. 조금씩 표정에 진지함이 묻어난다.

다섯째 날.

다섯 시간 동안 읽기 연습만 했다. 〈아낌없이 주는 나무〉의 내용을 마이크에 대고 읽어야 하는 변사 역을 맡은 대식이는 글을 읽을 줄 모르고, 민수는 더듬거려서 우리는 인내력을 가지고 기다려야 했다. 아이들의 참을성은 정말 대단했다. 그러나 과연 일주일 안에 대식이가 글을 읽고 민수가 더듬거리지 않게 될 수 있을까?

여섯째 날.

토요일 오후. 일곱 시간 동안 읽기 연습만 했다. 대식이는 마침내 울음을 터트렸고, 민수는 목이 쉬었다. 다른 아이들은 벌겋게 달아오른 내 표정을 보고 벌벌 떨고 있었다. 나는 아이들에게 말했다.

"내일 저녁, 선생님 다니는 교회에 가자!"

일곱째 날.

저녁 예배가 끝나고 모두 돌아간 텅 빈 예배당에 우리는 모였다. 우리들의 예배는 그렇게 시작되었다. 침묵의 기도를 마치고 가만히 살펴보니 대식이의 손에 녹음기가 들려 있었다.

"뭐냐?"

"선생님. 저 외워버렸어요. 글을 보고 읽는 건 잘 못해도 외우는 건 조금 할 수 있거든요. 그래서 밤새…… 누나가 녹음해 줬어요. 그걸 듣고 외웠어요. 여기 올 때도 길거리에서 외우려고……"

"선생님, 대식이 버스 속에서도 외웠어요."

나는 아이들에게 이제 그만 포기하자고 말하려 했다. 의욕만 앞세운 내 자신이 부끄럽고 아이들이 또 다른 상처를 받기 전에 이제 그만 멈추려 했다. 그런데 이놈들의 속력이 나를 앞지르고 있는 게 아닌가.

여덟째 날.

본격적인 연습이 시작되었다. 나무 역할을 맡은 영식이 옆에 재혁, 태전, 궁인이가 모여들었다. 나무의 몸짓을 연습했다. 그리고 소년을 바라보는 애처로운 시선과 기쁜 시선을 표현하는 연습을 했다. 어린 소년 역할의 기호, 어른과 노인이 된 소년 역할을 맡은 석형이는 각각 배역에 맞는 의상까지 갖추었다. 기호의 긴 바지가 석형이에게는 반바지가 되어 모두들 한바탕 웃었다. 그래도 멜빵은 두 아이 모두에게 썩 잘 어울렸다. 여장 남자 배역을 맡은 연수는 진짜 여자보다 더 예뻤다. 딸 많은 집에 태어난 덕을 톡톡히 보았다. 배경 음악 담당 경수의 작업은 아주 간단했다. 카세트의 단추만 정기적으로 누르면 되었다. 그런데 경수는 카세트에서 흘러나오는 음악에 취해 너무나 행복한 표정을 짓고 있었다. 자신의 움직임에 따라 극 전체가 진행되는 것이 자랑스럽단다. 언제나 명랑하고 손재주가 많은 병훈이의 프로젝터 다루는 솜씨는 나보다 한 수 위였다. 무대 장치를 맡은 태균이는 잔나비보다 날렵하게 강당 천장에 붙어서 대형 스크린을 거는가 싶더니 어느새 변사들이 앉게 될 소파와 예쁜 초 두 자루를 만들어놓았다. 나중에 알고 보니 아버지께서 모델하우스 인테리어를 하신단다.

디데이 하루 전.

내일이면 공연을 하는 날이다. 그 동안 아이들은 십 분도 채 안 되는 공연을 위해 육십 시간을 연습했다. 내일 돌발 상황이 생기지 않길 바라면서 잠자리에 든다.

디데이, 우리 모두 무대에 선 날.

개교 기념 잔치가 교정 곳곳에서 즐겁게 펼쳐지고 있었다. 먹거리 장터, 시화전, 미술 · 만화 전시회, 과학 발명품 대회가 열리고 물로켓은 하늘을 신나게 날고 있었다. 한쪽에선 판소리와 전통 무예인 택견을 배우는 자리가 마련되었다. 오후가 되자 강당에서는 합창제와 사물놀이가 신명나게 펼쳐졌다. 이윽고 저마다 준비한 내용을 공연하는 '큰빛 축제 한마당' 시간.

우리 순서가 되었다. 〈아낌없이 주는 나무〉라는 공연 제목과 아이들의 이름이 소개되었다. 순간 강당 안은 웃음소리로 가득 찼다. 이내 격려의 박수가 울려퍼졌다. 전교에서 늘 바닥을 헤매는 아이들이 공연을 한다는 것 하나만으로도 다른 아이들에게 기대감을 주기에 충분했던 것 같다.

은은한 배경 음악이 흐른다.

무대 전면 대형 막에 나무와 소년의 그림이 순서대로 나타났다 사라졌다 한다.

무대 한가운데 나무 역할을 하는 아이들이 서 있다.

무대 한쪽에는 변사 두 명이 앉아 관객들에게 이야기를 들려준다.

또 다른 한쪽의 무대에서 소년이 등장한다.

등장할 때마다 소년은 나무 역할을 하는 아이를 하나씩 끌고 퇴장한다.

마지막으로 무대에 남은 것은 영식이 나무 혼자다.

밑둥만 남은 나무의 그림이 배경에 쓸쓸하게 나타난다.

음악도 더 이상 흐르지 않는다.

잠시 후 늙은이가 된 소년 석형이 등장한다.

밑둥만 남은 나무 영식이와 소년에서 노인이 된 석형이는 서로에게 등을 의지한다.

나지막하게 음악이 다시 흐른다.

변사가 마지막 대사를 읽는다.

"그래서 나무는 행복했습니다."

공연은 성공적이었다. 나는 안도의 숨을 내쉬었다. 그런데 강당 안은 찬물을 끼얹은 듯 조용했다. 너무나 고요했다. 아이들이 무대에 나와 차렷, 경례를 하고 인사를 해도 누구 하나 박수 치는 사람이 없었다. 주위를 둘러보니 내 옆자리에 앉아 있던 영식이 담임 윤 선생님이 훌쩍이고 있는 게 아닌가. 안경테를 입에 물고 한참을 계시던 교장 선생님이 고요함을 깨고 자리에서 일어나 박

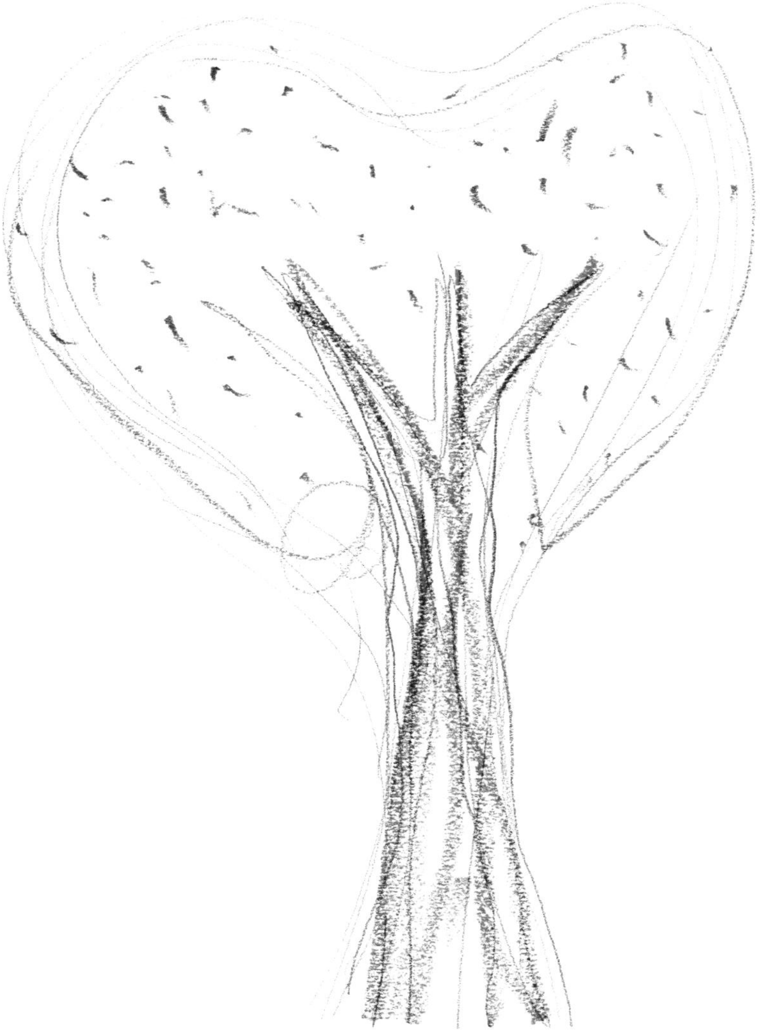

수를 치셨다. 그것이 마치 신호라도 되었던 것처럼 그제서야 강당에 앉아 있던 아이들과 선생님들 모두 일어나서 환호했다. 박수 소리가 봇물처럼 터져나왔다. 그리고 저마다 다른 반 친구들에게 뒤질세라 무대에 서 있는 자기 반 아이들의 이름을 불러대며 축하해 주었다.

나도 긴장이 풀리며 마음껏 웃을 수 있었다. 공연은 대성공이었다. 그런데 무대 위의 아이들은 움직이지 않았다. 박수 소리가 작아지는데도 무대 위 아이들은 그냥 부끄러운 얼굴로 서로를 쳐다보고만 있을 뿐이었다. 그러더니 대식이가 주머니에서 종이 한 장을 꺼내어 읽기 시작했다.

"저는 국어 책을 잘 읽지 못합니다. 하지만 이 글만은 제가 꼭 읽어서 여러분에게 이야기하고 싶었습니다. 그래서 연습이 끝나고 일주일 동안 매일 밤 읽는 연습을 했습니다. 저희들은 모두 꼴찌입니다. 바보입니다. 그런데 문경보 선생님께서 말씀하셨습니다. 그래도 너희들은 남에게 줄 것이 있다고, 너희들이 가진 것이 얼마나 많이 있는 줄 아느냐고 말씀하셨습니다. 그래서 오늘 이렇게 공연을 하게 되었습니다. 연습을 하는 동안 우리는 정말 행복했습니다. 선생님 고맙습니다. 선생님 사랑합니다."

이 아이들이야말로 자기의 마지막까지 나에게 내주는 '아낌없이 주는 나무들'이 아닌가. 나는 그날 연극 속 주인공처럼 정말 정말 오래도록 행복했다.

심장을 눈물로 채웠어

글쟁이 주영이

주영이가 숙제를 또 해오지 않았다. 벌써 세 번째다. 주영이는 벙긋벙긋 웃으며 아무렇지도 않게 책상 위에 올라가서 바지를 걷어올렸다. 어제 맞은 회초리 자국이 고스란히 남아 있어 가슴이 아팠지만 나는 다시 회초리를 들 수밖에 없었다. 나는 매를 들 때면 한 손으로는 아이의 손을 잡는다. 자칫 아이들의 손이 종아리로 내려와 다칠까봐 생긴 버릇이다. 종아리를 맞고 난 주영이는 여전히 얼굴에 웃음을 띤 채 꾸벅 절을 하며 자리에 앉았다.

"선생님. 주영이 숙제 해왔어요."

주영이 짝인 수혁이가 또랑또랑한 목소리로 말했다. 주영이의 공책을 들여다보았다. 맞춤법은 엉망이지만 '세상에서 가장 아름다운 것' 이란 제목의 작문 숙제를 주영이는 분명히 해왔다.

"주영아, 숙제했는데 왜 매를 맞았니?"

"헤헤, 선생님이 손 잡아주시는 게 좋아서요."

"……?!"

주영이는 그런 아이이다. 선생님이 손 잡아주는 것이 좋아서 종아리의 아픔을 견디는……

주영이의 등수는 늘 1학년 전체 학생 수와 같다. 키도 전교에서 제일 작고, 언제나 불안한 듯 주위를 두리번거린다. 수업 도중에 갑자기 휴지통으로 다가가서 혼자 연필을 깎기도 하고, 대걸레 자루를 부여잡고 가수를 흉내내며 노래를 부르기도 한다. 그렇게 행동하는 주영이를 언젠가 주영이 담임 선생님이 심하게 야단치자, 주영이는 몸을 바들바들 떨다가 눈자위가 하얗게 변해 갔다고 했다. 놀란 담임 선생님이 주영이를 꼭 껴안자, 주영이도 깊은 한숨을 쉬며 담임 선생님의 허리를 꼭 껴안았단다.

주영이는 그런 아이이다. 정서 불안 증세가 아주 심한……

나는 주영이를 복도나 운동장에서 만나면 끌어안고, 얼굴을 꼬집어주고, 손바닥을 마주치기도 하고, 머리를 쓰다듬어주곤 했다. 그게 내가 할 수 있는 전부였다.

어느 날 〈세상에서 가장 미운 것〉이란 제목으로 사백 자 글쓰

기를 했다. 주영이는 여전히 글을 엉망으로 썼다. 받침을 제대로 달고 있는 글자가 없을 정도였다. 그러나 나는 그 글을 읽으면서 눈물과 함께 백 점을 주었다.

난 아버지들이 싫다. 처음 아빠는 술이 취하면 허벌나게 엄마를 팼다. 맞다 맞다 지친 엄마는 내가 열 살 때 아버지와 헤어졌다. 헤어지는 날 아버지가 던진 재떨이에 맞아 엄마는 병원에 가서 꿰맸다. 둘째 아빠와 살게 되었는데 둘째 아빠는 내가 병신 같다며 허구한날 때렸다. 그래서 엄마가 새 아빠에게 대들면 아빠는 "왜 네 자식만 감싸고 도냐? 잘못했을 때 아비가 야단도 못 치냐? 우리 애들한테도 주영이 놈에게 하듯이 해봐!" 그럼 엄마는 펑펑 운다. 그래서 난 아버지들이 싫고 밉다.

주영이는 그런 아이였다. 다르게 표현하면 '가정 폭력으로 인한 정서 불안 아동'이라고나 할까. 가슴이 답답했다. 주영이가 바라본 세계가 앞으로 그 아이가 살아가는 데 어떤 모습으로 영향을 미칠지를 생각해 보니 그냥 슬프기만 했다. 주영이에게는 그래도 삶을 씩씩하게 살아갈 수 있는 희망이 필요한데 선생인 나는 아무것도 해줄 수 없었다. 그 사실이 슬펐다. 주영이의 가정에 뛰어들어 교통 정리나 훈계를 할 수도 없고, 주영이에게 그런 환경을 견딜 만큼의 강인한 정신력도 선물해 줄 수 없었다. 국어 선생이니까 국어라도 잘 가르쳐야 하는데 녀석은 도무지 학업에는 관심이 없으니 그것도 불가능했다. 도대체 경보와 주영, 이 두 사나이는 서로에게 뭘 가르칠 것도, 배울 만한 것도 없는 사제지간이었다. 그저 이따금 운동장에서 조그만 야구공으로 축구를 하고, 매점에서 함께 떡볶이를 허겁지겁 먹기도 하고, 강당 앞에 앉아서 비둘기들과 함께 빵을 나누어 먹는 것, 그게 다였다.

그렇게 1학년은 끝나고, 2학년이 지나고, 3학년 끝을 향해 시간은 달려갔다. 주영이도 졸업을 앞두게 되었다. 주영이의 1학년 때 담임 선생님과 나는 나란히 앉았다.

"문경보 선생님. 힘들지만 우리 이제 주영이를 놓아줍시다. 우리가 주영이를 너무 오래 품고 있는 게 주영이에게 오히려 걸림돌이 될 수 있어요."

"제가 처음 교사가 되었을 때, 선생님은 그런 말씀을 하셨죠. 늘 떠나보내고, 하염없이 기다리는, 그래서 항상 심장이 눈물로 가득 차 있는 것이 교사라고…… 이제 그 의미를 조금 알 것 같습니다. 예, 주영이를 떠나보낼 때가 된 것 같네요. 그래도 기도는 하고 싶습니다. 어떤 인생이 성공한 것인지 저도 잘 알 수 없지만 저놈이 성공한 인생을 살 수 있게 해달라는 기도는 실컷 하고 싶습니다."

반평생을 교단에서 살아온 주영이의 담임 선생님은 특유의 인자한 웃음을 띤 채 고개를 돌려 운동장을 바라보았다. 그러면서 선생님의 눈도 젖어들기 시작했다.

졸업식 날. 이젠 키도 크고, 목소리도 변해 버린, 사진을 찍으며 웃고 있는 주영이가 거기 있었다. 친구들과 함께 있었다. 나는 주영이와 함께 있는 친구들이 평생 서로에게 힘이 되기를 바랐다. 그리고 이 다음에 주영이가 좋은 여자 친구를 만나 아름다운 가정을 꾸미고, 인자한 아버지가 되기를 참마음으로 품어보았다.

최고가 아니라고 울 필요는 없어

형배의 하늘

형배는 한쪽 눈으로만 세상을 보았다. 다른 한쪽 눈은 의안(義眼)이었다. 또래보다 머리통 하나는 컸고, 독일 동화에 나오는 마녀 인형처럼 늘 섬뜩하게 웃고 다녔다. 머리카락은 힘겨운 인생을 살아온 오십대의 사내처럼 회색 빛이었고, 등은 습지에 살고 있는 괴물처럼 구부정했다. 교실에서 함께 공부하는 중학교 2학년들보다 두 살이나 더 많았다. 그래서 한 학년 위 아이들도 감히 형배를 건드리지 못했다. 형배는 소위 말하는 '짱'이었다. 학교는 형배에게 하나의 왕국인 게 분명했다. 아이들은 매일 형배에게 도시락을 갖다 바치고 형배의 잔심부름을 해주고 있는 형편이었다.

새 학기 초에 형배가 전학 오고 나서 얼마 동안 교사들은 그 사실을 전혀 몰랐다. 문제를 일으키지 않고 조용히 다녔으니 그 아이가 그토록 무서운 존재인 줄 알 턱이 없었던 것이다. 다만 알코올 중독자인 아버지는 허리를 다쳐 늘 방 안에 누워 있고, 어머니가 새벽부터 밤늦게까지 노동을 해서 생계를 책임지고 있는 어려운 집 아이라고만 알고 있었다.

선생님들도 그해 끝자락에 접어들면서 형배의 존재에 대해서 조금씩 알게 되었다.

형배가 주먹이 세다는 것을 알 수 없었던 것은 교내에서는 주먹을 휘두른 적이 없기 때문이었다. 그렇지만 학교 밖에서 다른 학교 아이들이 우리 학교 아이에게 시비를 걸면 어디선가 어슬렁거리며 나타나서 특유의 킬킬거리는 웃음과 땅바닥을 향해 침을 뱉는 동작 하나만으로 상대방을 제압한다는 형배는, 우리 학교 아이들에게는 우상이 될 수밖에 없었다. 형배에게 멋모르고 덤벼든 아이 하나가 순식간에 수십 방을 날리는 형배의 주먹에 늘씬하게 맞고 땅에 뻗었을 때 구경하던 아이들은 경악을 금치 못했다고 한다. 그렇게 심하게 맞았는데 코피 한 방울 흘리지 않는 아이의 맷집도 대단했지만 그보다는 아무 흔적이 남지 않게 때리는 형배의 기술에 그저 혀를 내둘렀던 것이다. 형배의 주무기는 힘이 아니라 공포감인 모양이었다. 정확히 말한다면 공포감만 조성한다고 할까? 한쪽 눈으로 상대방을 노려보며 킬킬대는 웃음, 바람처럼 휘둘러대는 긴 다리와 긴 팔은 가히 공포 그 자체라 해도 지나친 말이 아니라고 아이들은 입을 모아 말했다. 그러나 형배는 절대로 같은 학교 아이들에게는 힘을 사용하지 않았다.

아무리 친구들 사이에서 우상이라 할지라도 형배는 이제 막 십대 중반을 지나고 있는 소년이었다. 그저 아무 사고 없이 중학교를 잘 졸업하면 다행인 이른바 잠재적 문제아일 뿐이었다.

어느 날이었다. 형배가 학생회 담당 교사인 나를 찾아왔다. 내년 학생회를 조직할 때 자신을 학생들의 규율을 담당하는 예의부장을 시켜달라고 했다. 나는 성적을 비롯한 여러 가지 이유를 들어 형배의 부탁을 거절했다. 그러나 속마음으로는 전교 제일의 깡패를 학생회 간부로 임명할 수 없다고 생각하고 있었다. 형배가 그저 장난스런 마음으로 내게 이야기하러 온 것으로만 여겼다.

형배는 아무 말 없이 내 기나긴 이야기를 듣다가 이렇게 말하며 상황을 매듭지었다.

"선생님. 저는 선생님께서 저를 인정하시는 줄 알았어요. 다른 선생님들보다 제게 관심을 많이 갖고 계신 줄 알았구요. 그래서 선생님 도와드리려고 마음먹었던 건데…… 어제 잠도 안 자고 오늘 새벽같이 학교에 왔는데…… 예의부장 자리에 맞는 아이가 따로 있겠죠 뭐. 안녕히 계세요."

나는 마음이 몹시 상했다. 무슨 거래를 하는 것처럼, 그리고 내가 거래에 응하지 않아 몹시 손해를 본 것처럼 이야기하는 형배에게서 어른 냄새가 확 끼쳐서 불쾌했다. 그 뒤로 형배는 내게 인사도 하지 않았고 나 역시 모른 척하며 지나쳤다.

그렇게 겨울이 흘러갔다. 그 사이에 형배의 아버지가 돌아가셨다. 나는 문상을 갔다. 문상객이 별로 없는 쓸쓸한 초상이었다. 외아들인 형배는 상주 노릇을 할 생각도 하지 않고 초라한 병원 한 모퉁이에서 쭈그리고 앉아 담배만 뻐끔뻐끔 피워대고 있었다. 나와 얼굴이 마주쳐도 별 놀라는 기색 없이 슬며시 담배만 뒤로 한 채 고개를 숙이고는 다른 쪽으로 가버렸다.

삼월이 되었다. 겨울 기운이 채 가시지 않았지만 학교에는 새내기 중학생들로 가득 차고 봄기운이 넘쳐났다. 겨울방학 동안 아이들은 부쩍 자라 있었다. 전교에서 제일 컸던 형배보다 키가 훌쩍 커버린 아이들도 여러 명 되었다. 형배는 여전히 홀로 어슬렁거리며 돌아다녔다. 그러던 어느 날.

"선생님. 형배가 쓰러졌어요."

촉새 승환이가 교무실에 달려와 큰소리로 말했다. 나는 무슨 일인가 싶어 달려나갔다. 매점 앞에는 형배가 쓰러진 채 코피를 흘리면서 하늘을 바라보고 웃음인지 울음인지 모를 괴성을 지르고 있는 게 아닌가.

사연은 이러했다. 매점 앞에는 늘 그렇듯이 길게 늘어선 아이들로 복닥거리고 있었다. 언제나처럼 형배는 줄을 서지 않고 앞으로 나아가려고 바로 앞에 서 있는 아이의 어깨를 툭 밀쳤다. "비키라"는 형배의 말에는 아랑곳하지 않고 친구와 떠들고 있던 그 아이는 거듭되는 형배의 행동에 짜증을 내며 주먹을 휘둘렀는데, 단 한 방에 형배는 큰 대자로 땅바닥에 쓰러져버린 거였다. 형배는 주먹은 셌지만 맷집이 약했던 모양이다. 게다가 주무기인 공포감을 조성할 수 있는 상황이 아니었으니까. 난생 처음으로 주먹을 맞고 땅바닥에 뻗어버린 형배의 눈에 비친 하늘은 어땠을까……

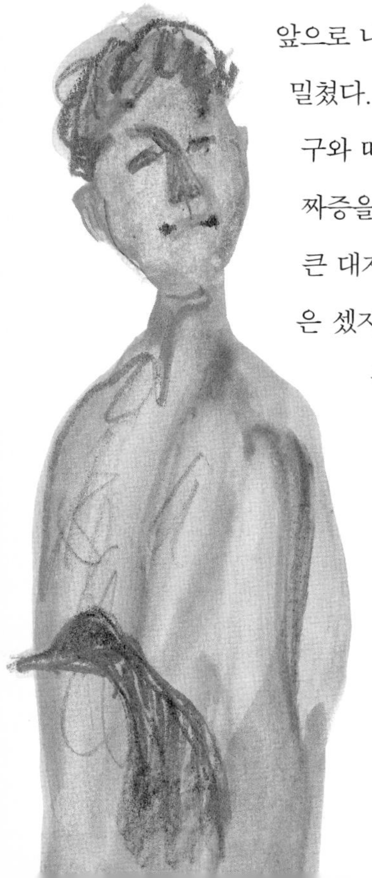

그런데 문제는 정작 그 다음날부터 벌어졌다. 아이들은 하루가 멀다 하고 형배에

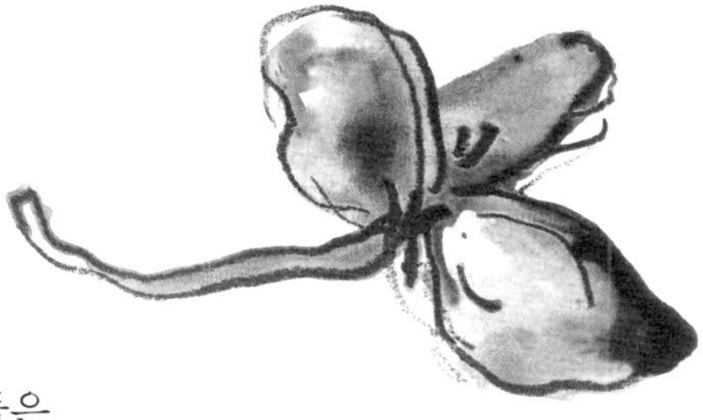

게 싸움을 걸어왔다. 형배는 대항하지 않았다. 아이들은 형배가 같은 학교 학생들은 때리지 않았다는 사실을 전혀 기억하지 못하는 듯했다. 아이들은 그저 우러러볼 수밖에 없었던 학교 짱 형배를 자신의 발 아래 누일 수 있다는 사실에 감격하고만 있었던 것이다. 그 감격은 형배가 겪게 될 수치심을 헤아리는 마음이나 친구와 싸우지 말라는 어른들의 가르침과 맞바꾸기에는 너무 컸던 모양이다.

그해 형배는 선생님들이 예상했던 대로 중학교를 졸업하지 못했다. 그렇다고 형배가 가출을 하거나 깡패가 된 것은 아니었다. 형배가 선택한 것은 죽음이었다. 신경 안정제 서른 알을 한입에 털어넣고 하늘로 날아가버렸다. 무더운 여름이 막 시작되는 칠월 초. 싸늘하게 식은 형배의 시신 앞에서, 그의 꽃다운 나이와 지난 겨울에 내게 다가와 예의부장 자리가 아닌 관심을 애원했던 그의 속마음을 이제야 헤아리며, 나는 무릎을 꿇고 한참을 있을 수밖에 없었다.

너에게서 벗어나고 싶었어

도망가고 싶은 재호

는개가 내리고 있다.

벌써 사흘째 재호는 연락이 없다. 어제 찾아간 재호의 집은 마녀가 사는 성곽처럼 음산한 기운을 풍기며 굳게 닫혀 있었다. 기다리는 동안 동네 분들에게 재호네 사정을 듣고 마음은 더욱 착잡해졌다. 재호 어머니가 여러 가지 사건으로 충격을 받아 실성한 사람처럼 살고 있다는 사실을 나는 전혀 몰랐다. 가끔 지각을 하기는 했지만 재호가 잔잔하게 웃음을 머금고 차분하게 학교 생활을 꾸려왔기 때문이다.

오늘 다시 한 번 재호네 집에 가보기로 마음을 먹었다. 재호 어머니도 만나볼 겸해서 교문을 막 나설 때였다. 수위 아저씨께서 남루한 차림의 한 아주머니와 실랑이를 벌이다 나를 불렀다.

아주머니는 나를 보자 인사를 하셨다. 단박에 재호 어머니란 걸 알 수 있었다. 나는 걱정 어린 눈빛을 하는 수위 아저씨를 뒤로 한 채 재호 어머니의 손에 이끌려 교문을 나섰다. 아무 말도 하지 않고 마치 백 미터 달리기라도 하듯 숨쉴 틈 없이 재호 어머니가 나를 몰아간 곳은 파출소였다. 나를 파출소 안으로 떠밀어 놓고 재호 어머니는 문밖에 선 채 들어오지 않으셨다.

파출소 의자 한쪽에 재호가 앉아 있었고, 그 옆에는 아저씨 한 분이 서 있었다. 낯이 익어 생각을 더듬어보니 그분은 작년에 내가 담임을 맡았던 병학이의 아버지였다. 병학이 아버지께서 나를 알아보고 먼저 인사하셨다. 재호와 이야기를 나누려는 나를 병학이 아버지는 슬며시 파출소 밖으로 이끌고 나갔다. 재호 어머니는 힐끗 나를 바라보다 함께 나오는 병학이 아버지를 보고는 깜짝 놀라며 고개를 돌리셨다. 그리고 전봇대를 향한 채 뭐라고 중얼거렸다.

뜻밖에도 병학이 아버지는 재호를 잘 알고 있다고 하셨다. 재호 어머니께서 정신을 놓아버린 사연도 알고 계셨다. 그래서 재호를 친자식처럼 생각하고 잘 돌봐주었다. 병학이와 재호도 형제처럼 잘 지냈다. 그런데 어느 날 재호가 병학이네 전화선을 끌어다가 자신의 컴퓨터에 연결하는 장면을 목격했다. 처음에는 재호를 따뜻하게 달랬고, 두 번째 발견했을 때는 엄하게 야단을 쳤다. 그러나 재호는 반성하는 빛을 보이기는커녕 그 일을 그만둘 생각조차 하지 않았다.

"아버지가 안 계시고, 엄마가 저 지경이 되었다고 자식놈이 그렇게 자라서는 안 될 것 같아 제가 파출소로 끌고 왔습니다. 버릇 좀 고치려구요. 그런데 지금 생각하니 좀 심한 것 아닌가 싶네요.”

병학이 아버지와 나는 깊은 한숨을 쉬며 파출소 안으로 들어갔다. 몇 가지 서류를 간단히 작성한 뒤 재호를 데리고 나왔다. 재호 어머니는 웃음을 띠며 달려왔지만 재호는 싸늘하게 어머니를 외면하는 게 아닌가. 재호 어머니는 나에게 인사를 하고 슬그머니 그 자리를 떠났다. 착잡한 심정으로 그 모습을 바라보던 나는 그제서야 재호가 몹시 초췌하고 지저분하다는 것을 알았다. 그래서 우선 식당에서 밥을 같이 먹고, 속옷을 사서 목욕탕으로 갔다. 목욕탕에서 재호의 등을 밀어주는데, 재호의 어깨가 조금씩 들썩이는 것이 느껴졌다. 재호의 등을 다 밀어주고 나서 나는 내 등을 밀어달라는 뜻으로 등을 재호 쪽으로 돌렸다. 내 등을 밀던 재호가 갑자기 큰소리로 엉엉 울기 시작했다. 목욕탕 안에 있던 사람들은 모두 우리를 쳐다보았지만 난 그저 재호에게 등을 맡긴 채 눈을 감고 있었다.

목욕을 마치고 재호와 나는 학교로 발길을 돌렸다. 어두운 교정 한구석에 나란히 앉았다. 삼십 분 정도 서로 아무 말도 하지 않았다.

"선생님. 경찰서에서 왜 저를 빼내셨어요? 전 감옥에 가고 싶었는데…… 엄마가 없는 곳에서 살고 싶었단 말이에요."

"……?"

"엄마가 찾아올 수 없는 곳으로 숨고 싶었어요. 미친 엄마가 싫었단 말예요. 아니 싫은 것보다 견디기가 힘들었어요. 이모 집으로 도망을 갔었는데, 거기에 와서 엄마가 한 짓이 뭔 줄 아세요? 이모 집에 불을 지르려고 했어요. 이모한테 나를 잡아간 악마라고 마구 소리를 질렀어요. 엄마와 집에 같이 있는 게 얼마나 힘든 줄 아세요? 한밤중에 엄마가 내 머리맡에서 중얼중얼거릴 땐 정말 무서워요. 그래도 열심히 잘해 보려고 했는데…… 라면이라도 끓여드리면 독을 탔다고 집어던지질 않나, 길거리에 떨어진 채소만 주워먹지를 않나…… 사람들이 자기를 죽이려고 한다며 밤에는 잠도 안 자고 문 앞에서 무서운 표정으로 서 있어요. 저를 지켜야 한다면서……"

재호는 봇물이 터진 것처럼 앞뒤없이 계속해서 어머니와 얽힌 사연을 꺼내놓았다. 중학교 3학년 아이가 버티기에는 힘든 이야기가 계속 흘러나왔다. 결국 그런 엄마와 살기 싫어서 가출을 했다가 그것도 여의치 않자 감옥으로 숨기 위해 죄를 지었던 것이다.

"어머니께서 늘 그렇게 행동하셨니?"

"아뇨. 처음엔 안 그러셨어요. 아버지가 안 계셨지만 어머니는 늘 아버지 몫까지 챙겨서 잘해 주셨고요. 그런데 주식에서 실패하고, 여러 가지 안 좋은 일이 계속 겹쳤어요. 어머니는 사람들을 점점 미워하게 되고 충격도 심하게 받으셨나봐요. 그래도 저와 이야기할 때는 웃는 얼굴이셨고 용돈도 꼬박꼬박 주셨는데…… 제가 사달라는 컴퓨터도 사주셨고요."

"컴퓨터? 너 혹시 컴퓨터 앞에 앉아서 밤새운 적 있니?"

"예, 게임하느라고……"

"그럼 어머니 얼굴을 마주 대할 시간이 줄어들었겠네."

"예."

"어머니께서는 컴퓨터에게 자식을 빼앗겼다고 생각하실 수도 있겠구나."

고개를 갸웃거리던 재호는 그제서야 이해가 간다는 듯 고개를 끄덕였다.

"엄마가 어느 날 컴퓨터 전선을 모조리 뽑고 모니터를 집어던지려 했어요. 전 제가 공부는 안 하고 오락만 해서 엄마가 화를

내는 거라고 생각했어요. 제가 모니터를 빼앗다가 그만 엄마를 밀었을 때 엄마가 제 몸 속에 악마가 있다고 울음 섞인 목소리로 말했던 게 생각나요. 맞아요, 선생님. 그날부터 엄마가 심해졌어요."

"어머니는 자식을 컴퓨터에 빼앗겼다고 생각하면서 힘들어하신 것 같구나. 단 하나 남은 보물마저 빼앗아간 컴퓨터가 얼마나 미웠을까?"

재호는 아무 이야기도 하지 않았다.

"재호야, 어머니는 지금 아파. 어머니를 위해 노력해야 할 것 같아. 쉽지는 않겠지만, 그리고 시간은 걸리겠지만 네가 꼭 해야 할 일인 것 같구나."

나는 일주일 동안 날마다 재호네 집에 갔다. 방 청소도 함께 하고 끊어진 수도도 되살려놓고, 전기도 신청했다. 전화도 연결했다. 다른 사람에게 적대감을 갖고 있던 재호 어머니도 나한테는 친절하게 대해 주셨다. 재호 어머니와 재호는 컴퓨터를 함께하기 시작했다. 재호가 수십 번 설명해도 어머니는 아무것도 모르는 게 분명했다. 그러나 재호 옆에 앉아 고개를 끄덕이며 박꽃보다 환하게 웃고 있는 어머니의 모습은 참 아름다웠다.

여러 날이 지나 재호의 집에 놀러갔을 때 어머니는 평온하게 잠이 들어 계셨고, 재호는 물수건으로 어머니의 손을 닦아드리는 중이었다. 재호의 컴퓨터 배경 화면에는 재호와 어머니가 함께 찍은 사진이 곱게 깔려 있었다.

너와 만나는 순간 마음의 벽이 무너져내렸어

오월 합창 대회를 치르며

해마다 오월이면 교실마다 아름다운 보이 소프라노의 음성이 교정에 울려퍼진다. 노래를 사랑하는 전통을 가진 우리 학교에서 열리는 교내 합창 대회는 신나는 잔치 마당이다. 합창이든 중창이든 각 반마다 제 실력을 한껏 뽐낸다.

합창 대회를 향한 첫걸음이자 가장 중요한 절차가 바로 곡을 선정하는 일이다. 우리 반 아이들은 어떤 곡을 부르게 될지 무척 궁금한 모양이다. 성질 급한 친구들은 벌써 악보를 들고 나를 찾아오기도 한다. 처음으로 담임을 맡은 나는 새내기답게 의욕을 가지고 뭔가 의미 있는 합창곡을 부르고 싶었다. 그래서 고민 끝에 흑인 영가인 〈여호수아 성을 쳤네〉, 일명 〈여리고〉라는 곡을 선택했다.

눈치 빠른 사람은 이미 알고 있겠지만, 이 곡은 어떠한 무기와 힘으로도 무너져내리지 않던 여리고 성을 믿음 하나로 무너뜨렸다는 성경 이야기를 배경으로 하고 있는 곡이다. 이스라엘 백성이 이집트에서 탈출하여 가나안 땅으로 가던 도중 만난 성(城), 여리고. 너무나 견고해서 넘을 수 없을 것 같았지만 신의 명령에 따라 성 주위를 빙빙 돌다가 냅다 소리를 지르자 무너져버린 성, 여리고.

우리 반에는 중학교 2학년 남학생이 넘기에는 버거운 걸림돌을 마음에 안고 살아가는 친구들이 많았다. "비만 오면 사람들의 다리만 보인다"는 시를 쓴 관절염 환자 상직이, 핸드볼 선수로 뛰다 팔이 부러져 운동을 포기한 성철이, 아직도 엄마가 양말을 신겨주고 도시락을 들어다 줘야 학교를 오는 영훈이, 반에서 이등을 하는 실력인데도 전교 일등을 하는 누나 둘 때문에 늘 공부 못한다고 구박받는 석형이, 어린 시절 공사장에서 터진 부탄가스통 파편에 얼굴을 다쳐 흉터가 생긴데다 조그만 소리에도 깜짝 놀라서 얼굴을 흔들어대는 습관을 갖게 된 태성이, 남들 앞에서

말을 못하는 대인 공포증을 가진 영길이, 부모님이 돌아가시고 여동생과 둘이 힘겹게 살아가는 순호, 너무 살이 쪄서 책을 읽을 때도 숨이 차서 허덕거리는 상철이, 초등학교 때는 전교 어린이 회장을 했는데 중학교에서는 학급 임원도 못하고 아이들에게 따돌림만 받는 현동이……

욕심일지도 모르지만, 나는 아이들 마음에 희망을 심고 싶었다. 이미 맛보아버린 좌절의 쓴맛을 충분히 보상받을 수 있는 기쁨을 발견하게 해주고 싶었다. 그래서 합창 대회 곡으로 〈여리고〉를 골랐던 것이다.

내가 곡명을 발표하자 아이들의 저항은 대단했다. 교내 대회에서 우승하려면 각 학교 대표가 겨루게 되는 지구별 대회에도 어울릴 만한 곡을 선택해야 한다는 거였다. 나는 충분히 노래를 잘하면 지구별 대회에 나갈 수 있다며 아이들을 달래기도 하고 협박하기도 했다. 그리고 마지막에는 솔직하게 내 마음을 털어놓았다. 우리는 지금 전쟁을 시작하는 것이라고. 너희들 마음속에 있는 힘겨움과 정면 대결하려는 것이라고. 내가 너무 심각하게 말을 했는지 아이들은 고개를 푹 숙이고 아무 말도 없었다.

그렇게 싸움은 시작되었다. 악보를 복사하고, 지휘자와 반주자를 뽑고, 알토와 소프라노 파트를 나누고, 노래를 녹음하고, 매일 점심 시간과 방과후에 연습을 했다. 외부에서 음악을 전공한 선배를 초빙해서 특별 레슨을 받고, 실제로 합창단이 부르는 노래를 감상하고, 공연을 관람하고, 한 명 한 명 나와서 독창을 해보기도 했다. 목이 쉬는 아이들이 속출했다. 나는 사탕을 사서 먹이고, 배즙을 만들어 먹이고, 계란을 먹였다. 그리고 합창 연습을 하는 사이에 개인 면담을 하면서 각자의 고민이 이번 합창 대회를 통해 해결되었으면 좋겠다는 속마음을 내비쳤다. 석 주 동안의 연습 기간이 끝날 무렵 아이들의 화음은 정말 잘 어우러지고 예쁘게 빚어지기 시작했다.

대회를 하루 앞두고 우리는 운동장 계단에 모였다.

"자, 이제 마지막 연습이다. 지난 몇 주 동안 내가 놀랄 정도로 우리들은 열심히 했다. 고맙다. 이건 비밀인데 어제 음악 선생님께서 그러시더라. 우리 반이 일등 할 것 같다고, 정말 잘한다고. 일등은 물론 우리 것이다. 그런데 난 그 정도에 만족하지 않는다. 이번 기회에 네 놈들 마음속에 있는 그 아픔까지 치료할 수 있었으면 좋겠다. 자, 성을 치러 가자! 지금까지 넘을 수 없을 것 같던 마음의 여리고 성을 박살내자!"

아이들의 우렁찬 노래가 저녁놀이 내려앉는 운동장 구석구석으로 울려퍼졌다. 우리는 아무도 모르게 서로서로 눈물을 흘리기도 하면서 노래를 불렀던 것 같다.

합창 대회 날이 되었다. 그날 우리는 열심히 불렀다. 그러나 상을 받지는 못했다. 여덟 학급 중에서 사등까지 수상을 했는데 우리는 사등도 하지 못한 것이다. 아이들은 분명 잘 불렀지만 다른 반이 더 잘 불렀던 것이다.

합창 대회를 마치고 교무실로 들어선 나는 고개를 들 수가 없었다. 아이들에게 또다시 절망을 맛보게 한 것 같아 걱정이 앞섰던 것이다. 내 헛된 욕심이 아이들에게 노력을 해도 이룰 수 없는 일이 있다는 것을 다시 한 번 확인하게 한 것 같아 나 스스로에게 화가 치밀었다. 나를 내버려둘 수 없을 만큼 미워지기 시작했다.

"선생님 종례 안 하세요?"

반장이 와서 말을 건넸다. 그렇지만 아무래도 나는 교실에 들어갈 용기가 나지 않았다. 나를 원망하는 아이들의 눈초리를 담담하게 받아낼 자신이 없었다. 그래도 용서는 빌고 잘못은 인정해야겠지…… 용기를 내 반장과 함께 교실로 들어섰다.

"선생님! 1학년들이 우리 노래가 제일 좋다고 따라 부르고

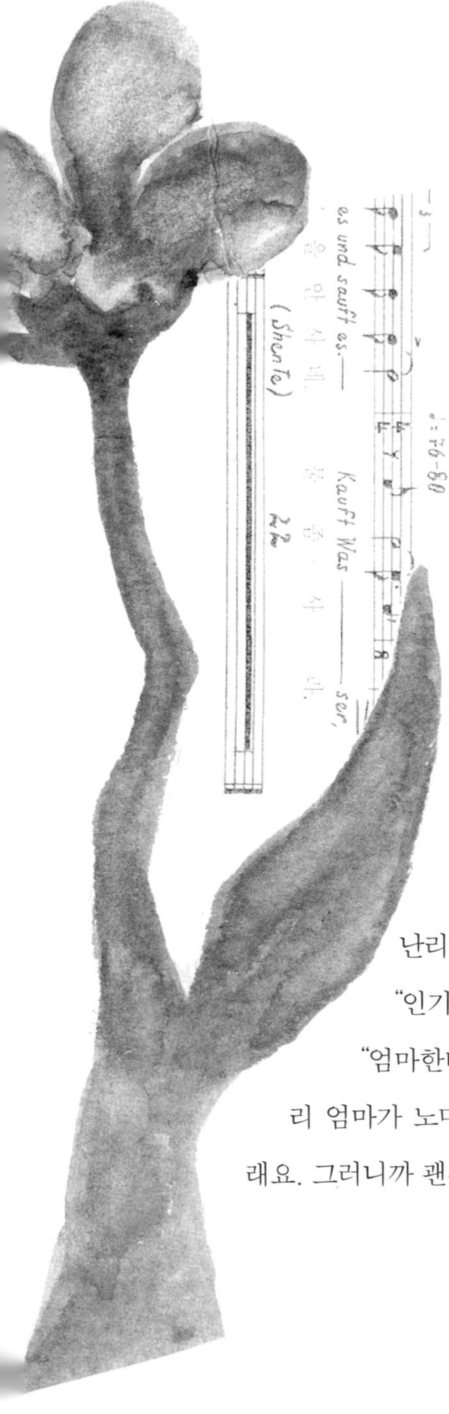

난리났어요."

"인기 짱이에요."

"엄마한테 전화해서 상 못 탔다고 했더니요, 우리 엄마가 노미네이트가 터미네이터보다 힘이 센 거래요. 그러니까 괜찮대요."

"저, 이 년 연속 반주상 먹었다고 엄마가 햄버거랑 콜라랑 쏜다고 했어요."

도무지 내가 말할 여유를 주지 않고 아이들은 사방에서 빙글빙글 웃으며 말 대포를 쏘아대고 있었다.

"전체 인사 준비!"

갑자기 반장이 소리를 크게 질렀다. 아이들은 모두 교실 바닥에 무릎을 꿇고 앉았다.

"선생님께 큰절!"

"선생님 감사합니다!"

나도 아이들에게 큰절을 하면서 울었다. 지금 힘겨운 것은 자기들일 텐데 오히려 못난 스승을 위로해 주고 있다니…… 더 큰 상처를 입었으면서도 속좁은 선생의 상처를 더 가슴 아파하고 있다니……

순간 내 마음속에서 무엇인가 와르르 무너져내리는 것을 느꼈다. 아이들을 나 혼자서 끌고 가야 한다는 욕망과 독선의 성이라도 무너져내린 것일까. 그 순간에야 비로소 나는 아이들은 결코 내가 앞서서 끌고 나아갈 존재가 아니라 함께 어깨 걸고 나아가야 하는 동지임을 알게 되었다. 그리고 저 위대한 용사들을 나에게 선물하신 절대자 앞에 다시금 무릎을 꿇었다.

너를 향한 해바라기가 되겠어

천사원에 다녀온 천용이

무더운 여름 한낮. 봉사 활동을 위해 우리들은 학교에 모였다. 목사님, 양호 선생님, 음악 선생님, 그리고 나까지 네 명. 아이들도 모였다. 중학교 3학년 중에는 학생회 임원 가운데 꽃미남 삼총사로 소문난 혁재, 민준, 황민이와 아무도 기대하지 않았던 천용이가 와 있었다.

천용이는 음악 선생님을 외사랑하는 친구다. 천용이의 머리는 노랗게 물이 들어 있었고, 일부러 이를 뽑고 금니를 다섯 개나 해 넣어서 씩 웃음을 지을 때면 입 안이 눈부시게 번쩍였다. 목에는 넓적한 금 목걸이를 하고 있고, 팔에는 노란 팔찌를 두르고, 노란 남방에 노란 반바지를 입고 노란 샌들을 신고 있었다. 다른 아이들이 웃음 섞인 소리로 전해 준 바에 따르면, 천용이는 음악 선생님이 해바라기를 좋아한다는 소문을 듣고 나름대로 연출하고 온 거란다.

중학교 2학년 중에는 머리를 빡빡 깎은 다섯 명의 '빛돌이 클럽' 친구들과 늘 조용하지만 주먹은 꽤 센, 그래서 '우울한 사무라이'라는 별명을 가진 광수가 참가했다. 중학교 1학년 친구들 중에서는 서로를 '곰돌이 푸'와 '켄터키 할아버지'라고 놀리는 통통한 아이 두 명이 와 있었다.

우리와 하루를 함께 보내게 될 친구들은 천사원 아이들이었다. 천사원에 있는 아이들은 몸이 건강한 친구도 있지만 정신적 장애를 겪고 있는 친구들도 있다고 들었다. 천사원으로 출발하기에 앞서 우리는 다함께 기도했다. 우리가 그들에게 도움을 준다는 교만에서 벗어나게 해주시고, 우리들이 천사가 아니라, 그 친구들 모습 속에서 천사의 모습을 발견하게 해주시라고.

천사원으로 들어섰다. 원장님께 여러 가지 말씀을 듣고 난 뒤 각자 배당된 방으로 들어갔다. 우리가 활동을 하기로 되어 있는 곳은 다운증후군을 앓고 있는 친구들이 있는 방이었다. 방에 들어선 순간, 우리는 당황하기 시작했다. 침을 흘리며 조금 일그러진 얼굴을 가진, 눈여겨보지 않으면 누가 누구인지 분간할 수 없을 정도로 비슷비슷하게 생긴 친구들이 우리를 빤히 바라보고 있는 게 아닌가. 우리들은 모두 굳어버리고 말았다. 조금씩 다가오는 천사원 친구들을 보면서 어찌할 줄 몰랐다. 갑자기 천용이가 문밖으로 뛰어나갔다. 아이들도 천용이를 따라가려고 했다. 그때 마침 목사님께서 방으로 들어오셨다. 목사님은 원장님과 인사를 나누시고 이제야 방에 오신 것이다. 목사님께서 천사원 아이들을 향해 큰 목소리로 인사를 했다. 그랬더니 천사원 아이들은 마치 어린아이처럼 목사님의 손을 잡고 다리에 기대고 등에 업히고 하는 거였다. 목사님은 웃음을 띠면서도 아이들을 안아주지는 않았다. 나중에야 천사원 보모님들이 고생을 많이 하기 때문에 목사님이 아이들을 안아주고 싶은 마음을 참는다는 사실을 알게 되었다. 자원 봉사자들이 아이들을 안아주고 돌아가버리고 나면 아이들은 감정을 조절하지 못해서 보모님들께 계속 칭얼댄다는 것이다.

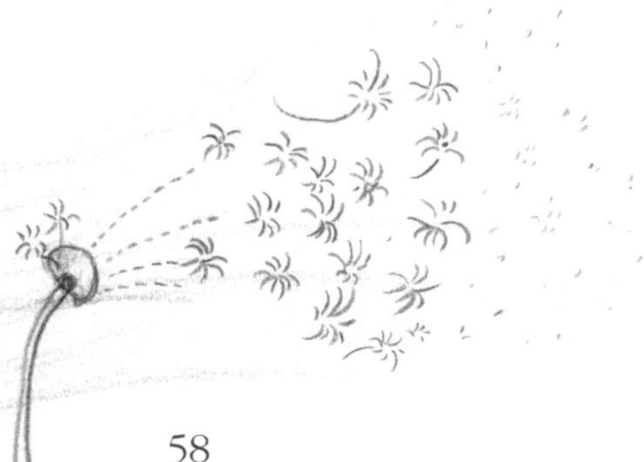

사무라이 광수가 아이들을 향해 걸어갔다. 그리고 가장 어린아이(그 아이도 다운증후군 환자였다) 앞에 서서 손수건

을 꺼내 코를 닦아주고 그 아이를 업어주었다. 난 그때 광수가 애써 밝게 웃고 있지만 눈물을 흘리고 있는 걸 보았다.(뒤늦게야 광수의 남동생이 다운증후군 환자라는 사실을 알았다.) 갑자기 곰돌이 푸가 소리를 질렀다. 천사원 친구가 얼이 빠져 있는 곰돌이 푸의 뒤로 슬그머니 다가와서 똥침을 놓았던 것이다. 낄낄대고 웃으며 도망가는 친구를 곰돌이 푸가 쫓아가고 그 뒤를 켄터키 할아버지가 함께 쫓아갔다. 곰돌이 푸의 얼굴에도, 켄터키 할아버지의 얼굴에도, 똥침을 놓고 도망가는 친구의 얼굴에도 모두 웃음꽃이 별사탕처럼 피어났다.

여 선생님 두 분은 여자 친구들이 있는 방에 가서 머리를 빗겨주기도 하고 종이학을 접어주기도 했다. 꽃미남 삼총사도 각각 도끼 빗을 꺼내들고 친구들의 머리를 빗겨주었다. 빛돌이 클럽은 보모들과 함께 목욕탕에서 친구들의 몸을 씻겨주었다. 풍선으로 갖가지 물건을 만드는 것이 취미인 빛돌이 클럽은 유감없이 그 실력을 발휘했다. 빛돌이 클럽이 만드는 풍선을 보고 천사원 친구들이 함박웃음을 짓자 목욕탕은 더욱 환하게 빛났다.

잠시 후에 천용이가 돌아왔다. 천사원 친구와 열심히 팔씨름을 하고 있는 내 옆으로 천용이가 다가왔다. 그 아이에게서 시큼한

냄새가 나길래 목소리를 낮춰 물어봤다.

"토했냐?"

천용이는 천사원 아이들의 외모를 보고 구토를 했던 것이다.

"화장실까지 가지도 못하고 복도에서 토했어요. 그런데, 여기 이 친구가 제가 토한 그 더러운 걸 치워줬어요. 너무 미안해서 저도 같이 제가 토한 걸 닦고, 복도도 청소했어요."

천용이 옆에는 그새 남다른 우정을 쌓은 천사원 친구가 순박하게 웃으며 서 있었다.(그 친구는 나이가 스물일곱이라고 했다)

우리는 천사원 친구들과 함께 운동장에서 축구를 하기로 했다. 그런데 막상 판을 벌여놓고 보니, 천사원 친구들의 예측할 수 없는 패스와 드리볼이 장난이 아니었다. 때문에 슬슬 봐주면서 하자던 우리의 작전은 무색해져 버렸다. 4대 3으로 지고 있던 마지막 순간에 천사원 친구 한 명이 갑자기 자신의 골대에 골을 넣어버리는 바람에 4대 4 무승부로 게임은 끝났다. 다른 천사원 친구들이 막 화를 냈다. 자살골을 넣은 친구는 우리들 뒤에 숨으며 더듬더듬 외쳤다.

"예수님이 어려운 사람 도와주라고 했잖아!"

그 모습이 너무 귀여워서 우리 모두 푸하하 웃음을 터뜨렸다.

그렇게 우리의 축제는 끝이 났다. 곰돌이 푸와 켄터키 할아버지는 그새 아이들과 정이 담뿍 들어 헤어지는 것이 섭섭했는지 눈가가 새빨갛게 물들었다. 꽃미남 삼총사는 친구들에게 도끼 빗을 선물했다. 사무라이 광수는 오후 내내 다듬어 만든 나무 조각 작품을 어린 친구에게 주었다. 빛돌이 클럽은 풍선으로 강아지를 만들어 아이들 방을 꾸며주었다. 천용이는 스물일곱 살 형과 꼭 껴안았다.

되돌아오는 길에 아이들은 모두 고개를 떨구고 말이 없었다. 천용이가 말했다.

"선생님. 정말 하나님 있어요?"

"잘 모르겠다."

"그렇죠? 선생님도 잘 모르시죠? 하나님 없어요. 거짓말이에요. 하나님이 있다면 저 같은 놈을 불편하게 만들어야지, 왜 착한 아이들을 그렇게 만들어요. 그리고 자식이 장애아라고 버리는 그런 부모 밑에서 태어나게 해요? 하나님 없죠? 그쵸?"

"그럼 천용이 형이 하나님 해요."

사무라이 광수가 아무렇지도 않게 말했다.

"형네 집은 돈도 많고, 형은 몸도 건강하잖아. 아까 보니까 일도 잘하던데, 형이 갖고 있는 거 나눠줘요. 그러면 되잖아요."

천용이가 가만히 광수를 보았다. 옆에 있던 혁재가 거들었다.

"천용아, 있잖아. 우리 그런 거 따지지 말자. 힘든 사람 있으면 내가 도와줄 수 있는 거 다 도와주자. 그럼 기분도 좋고, 뭐 그런 거 아니겠냐?"

곰돌이 푸도 또랑또랑하게 한마디 했다.

"저, 선생님. 오늘 우리가 봉사 활동한 게 아닌 것 같아요. 천사원 아이들이 우리랑 놀아주느라고 더 힘들었던 것 같은데."

"맞아 맞아. 걔네들이 더 힘들었어."

켄터키 할아버지가 맞장구를 쳤다. 천용이는 친구와 동생 들의 말을 들으면서 아무 말 없이 걸었다. 나는 음악 선생님을 보며 말했다.

"저 녀석, 아침엔 음악 선생님만 바라보더니 이젠 자신을 바라보기 시작했네요."

"천사원 친구들이 천용이에게 좋은 선물을 준 것 같아요."

음악 선생님의 흥겨운 휘파람 속에서 우리들은 그날 하루를 즐겁게 마무리했다.

가난이 흔들어도 나는 자라난다

사랑을 배운 현수

여름방학을 하는 날이었다. 아이들이 모두 떠나간 교정 한구석에 현수와 나는 나란히 앉아 벌써 한 시간 동안 줄다리기를 하고 있었다.

"선생님, 저 견학…… 안 가면 안 돼요?"

"너 언제까지 그렇게 모든 걸 피하기만 할래?"

"전 초등학교 때부터 소풍도 안 갔어요. 늘 그랬어요."

"놀러 가는 게 아냐, 임마. 공부하러 가는 거야. 교실에서만 공부하는 건 아니잖아."

"선생님, 저 안 가도 괜찮아요."

"뭐, 괜찮다고? 그렇게 인심 쓰듯이 이야기하는 법은 어디서 배웠어! 건방진 놈. 너 이런 모습을 하늘 나라에 계신 부모님이 보면 퍽이나 좋아하시겠다. 바보 같은 놈아!"

현수의 표정이 굳어졌다. 부모님 얘기를 꺼낸 것은 실수였다.

"미안하다. 부모님 이야기는 내가 사과한다."

"선생님. 사실 저 돈이 없어요. 그래서 가기 어려워요."

얼굴이 빨갛게 달아오른 현수는 기어들어 가는 소리로 조그맣게 말했다.

"그건 걱정 마라. 선생님이 해결책을 마련해 놨다. 학교 옆에 분식집 있지? 거기서 방학 동안 아르바이트해라. 하루에 두 시간씩 열흘 정도 하면 오만 원 주신다고 하더라. 그 정도면 견학 비용하고 가서 쓸 네 용돈 정도는 될 거다. 내가 잘 이야기해 놓았으니 한번 네 힘으로 돈을 벌어봐라. 좋은 경험이 될 거다."

세상은 열다섯 살 소년의 무릎을 너무나 일찍 꺾어버렸다. 어머니는 일찍 돌아가셨고, 알코올 중독에 저능인 아버지마저 중학교 1학년 때 세상을 떠났다. 여동생과 단둘이 살고 있는 소년 가장 현수는 늘 슬픈 얼굴을 하고 있다. 모든 일에 의욕이 없고, 다른 사람이 도와줘도 아무런 반응이 없다. 고맙다는 말도, 싫다는 말도 하지 않는다. 흔들리면 흔들리는 대로 살아가는 아이였다. 그래서 나는 분식집에서 일하는 것부터 시작해서 정글과 같은 세상에서 다른 이의 도움 없이 스스로 살아가는 생존 법칙을 알려 주고 싶었다. 사실 현수의 견학 참가비는 이미 내 호주머니를 털어서 마련한 상태였다. 나는 가난한 집 아이들이 도움에 길들여지는 것만큼 무서운 것은 없다고 생각해 오던 터였다. 무엇보다 현수가 홀로 서는 방법을 배워야 한다고 생각했다. 그런 것을 가르치는 것이 교육이라고 나는 믿고 있었다.

여름방학이 끝났다. 학생들은 견학 겸 여행을 떠난다는 설렘으로 들떠 있었지만 나는 무척이나 화가 나 있었다. 현수 이놈이 방학 동안 단 하루도 분식집에서 일을 하지 않은 것이다. 그리고 더 기가 막힌 것은 동네 할아버지들께서 돈을 모아 현수에게 구경을 다녀오라고 오만 원을 쥐어주셨는데, 현수는 그 돈마저 학교에 오던 도중에 잃어버렸다는 것이다. 현수가 한심하게만 생각됐다. 스스로 삶을 꾸려나가려 하지도 않고, 다른 사람의 도움을 소중히 여기지도 않는 현수가 나는 야속하기까지 했다. 마음을 가라앉히려고 노력하고 있을 때 전화가 왔다.

"선생님, 안녕하세요. 현수란 아이 이야기를 제 아들놈에게 들었습니다. 그 아이 집이 어렵다면서요? 그래서 제가 이번 여행에 드는 비용을 대고 싶어서요."

평소에 따스한 마음씨 때문에 큰 누님처럼 편안하게 생각해 온 학부형의 전화였다. 나는 속상했던 터라 어리광을 피우는 막내 동생처럼 그 어머니에게 속내를 털어놓았다.

"선생님. 그 아이에게 너무 많은 것을 요구하고 계신 거 알고 계세요? 그 아이는 아직 자기가 어떤 아픔을 겪고 있는지도 잘 모르는 나이잖아요. 그냥 품어주셨으면 좋겠어요. 부모가 다 있는 집안의 아이가 그랬다면 선생님께서 그렇게 힘겨워하실까요? 가난하고 힘들다고 너무 빨리 세상을 배우게 하는 것도 아이에게는 나중에 상처가 된답니다. 선생님께서 이해하세요."

어머니의 충고가 맞는 말도 같고 아닌 것도 같아 나는 혼란스러웠다.

종례를 하기 위해 교실로 들어섰다. 학급 회계가 모자를 뒤집어 들고 교실 안을 돌고 있었다.

"뭐 하는 거냐?"

"현수 견학 참가비 모으고 있습니다."

반장이 또랑또랑하게 말했다.

"선생님, 정말 신기해요. 방금 모은 액수가 딱 삼만 원이에요"

약간 덜렁거리는 회계가 웃으며 이야기했다.

"당장 다 돌려줘라!"

벽력같이 내지른 소리에 교실은 일순간 얼어붙었다. 그리고 침묵이 흘렀다. 현수는 고개를 숙이고 아무 말이 없었다.

"이건 저희들 일입니다. 저희가 결정하고 저희가 행동한 겁니다. 나쁜 행동이 아니라고 생각합니다."

반장이 앙칼진 목소리로 말했다.

"그냥 막 도와주는 것이 정말 현수를 위한 거라고 생각하나?"

"저, 저, 서…… 선…… 선생님, 있잖아요. 이거, 이거, 그…… 그냥 주는 거 아…… 아닌데요!"

흥분하면 말을 더듬거리는 전교 일등 부반장이 반장을 도와 말하며 현수에게 무엇인가 손짓을 했다. 현수는 종이 한 장을 내 앞에 부끄럽게 내밀었다.

〈차용증서〉

앞으로 이십 년 뒤 2학년 3반은 반창회를 실시한다. 오늘 걷은 모금의 혜택을 입은 장현수는 그날 자장면 값 전부를 부담한다.

내 얼굴에는 웃음이 절로 떠오르고, 마음에는 울렁임과 함께 콧등이 시큰해졌다.

"장현수! 이 약속 꼭 지킬 수 있냐?"

현수는 말없이 고개를 끄덕였다.

"소리질러 미안하다. 사과의 뜻으로 내가 아이스크림 하나씩 돌린다. 그럼 나 용서해 줄 거지?"

아이들은 박수를 치고 휘파람을 불어댔다.

"애들아! 사실 현수가 견학 갈 돈은 내가 이미 냈다. 그런데 한 번 생각해 보자. 선생님이 서무과에 낸 돈 삼만 원, 동네 할아버지께서 주신 돈 오만 원, 한 어머니께서 보내주신 돈 삼만 원, 그리고 너희들이 모은 돈 삼만 원, 모두 얼마지?"

"십사만 원이요!"

"그래 현수는 돈이 하나도 없었는데 십사만 원의 돈이 생겼다. 그 돈의 소중함은 훨씬 더한 것이고. 아직 견학을 다녀오지 않았지만 이번 여행은 이미 성공한 것 같다. 성경의 오병이어 기적은 사랑이 있으면 이렇게 언제든 현실이 될 수 있다는 걸, 그리고 세상은 참 살 만한 것이고 살아볼 만한 것이라는 사실을 알게 되었으니까 말이야. 너희들 정말 멋진 놈들이야!"

혹시 너를 밀쳐냈다면 미안해

내 멋대로 래준이

설문지를 들고 있는 내 손이 벌벌 떨리는 것을 보고 아이들은 고개를 숙였다. 더운 여름날, 교실 안은 털털거리며 돌아가는 선풍기 소리만 요란할 뿐이었다. 쉰 명 중 두 명을 제외하고 반 아이들이 교우도 설문 조사에서 래준이를 우리 반 최고의 문제아라고 적어놓았던 것이다. 래준이가 학급 내에서 저지른 일이나 래준이에 대한 아이들의 판단을 보면 래준이는 절대 학교를 다니면 안 될 아이였다.

래준이는 고아다. 이모와 이모부는 어려운 살림살이 속에서도 래준이를 친자식처럼 열심히 키워주셨다. 초등학교까지 래준이는 축구를 좋아하고 언제나 웃는 명랑한 아이로 잘 자라났다. 중학교 1학년 때는 우리 반 부회장으로 활동할 정도로 학교 생활도 적극적이었다. 글씨도 예쁘게 썼다. 학급 안에 부서진 물건은 무엇이든지 래준이 손과 만나면 제모습으로 돌아왔다. 아이들은 물론이고 교실 안의 상처받은 모든 물건들이 래준이를 좋아했다.

그런데 사춘기 바람은 너무나 매서웠나 보다. 중학교 2학년으로 올라가면서 래준이는 눈빛이 흐릿해지더니 무리를 지어 아이들과 어울려 다녔다. 머리를 염색하고, 귀걸이나 코걸이까지 하고 다녔다. 학교도 자주 결석했다. 그나마 학교에 와서도 수업 시간에 잠을 자거나 아이들에게 시비를 걸기 일쑤였다. 이모부가 학교 복도에서 무릎을 꿇고 래준이에게 제자리로 돌아오길 애걸하는 모습도 우리는 보아야 했다. 나는 래준이에게 아무 말도 하지 않았다. 언젠가 한번 불어야 할 바람이 지금 불고 있는 것이라고 생각했다. 고아라는 자신의 존재에 대한 질문…… 그것은 한번쯤 래준이가 맞붙어 싸워야 할 대상이고 넘어야 할 산이라고 생각했다. 다만 너무 오래 바람에 휘말리지 않기를, 그 바람이 하루속히 잔잔해지기만을 기도할 수밖에 없었다.

그러나 급기야 방학중에 래준이는 경찰서까지 들락거리기 시작했다. 3학년 진급도 사실상 어려웠지만 여러 선생님들의 눈물 어린 호소와 내 시말서 덕택에 래준이는 위기를 면할 수 있었다. 내가 교사로서 래준이를 책임지겠다고 시말서에 썼으니, 이듬해 봄 래준이는 당연히 우리 반으로 배정되었다.

개학식 날, 나는 래준이에게 "우리 일 년 동안 잘 지내자"라고 말했다. 중학교 1학년 때보다 키가 엄청 큰 래준이는 작년 한 해 동안 이모와 이모부 그리고 선생님께 제일 죄송했다며 열심히 살겠다고 내게 다짐했다.

그렇게 한 학기가 지났다. 내가 보기에는 래준이가 아이들과 잘 지내는 것처럼 보였는데, 아이들에게는 여전히 두렵기만 하고 부딪치기 싫은 존재였다니……

"김래준 앞으로 나와!"

나는 긴 몽둥이를 들고 래준이를 때리기 시작했다. 처음에는 규칙적으로 엉덩이를 때리다가 점차 온몸을 사정없이 두들겨 팼다. 입밖으로는 아무 말 하지 않고 때렸지만, 나는 마음속으로 이렇게 버럭버럭 소리질렀다.

'부모 없는 놈이 친구마저 잃어버리면 세상을 어떻게 살아가겠다고 그러는 거냐! 래준이만 잘못 한 게 아니다. 이 나쁜 놈들아! 래준이를 이렇게 허허벌판으로 천길 낭떠러지로 몰아붙이면 어떻게 하느냐. 이 버러지 같은 자식들아!'

내가 때리고 있는 것은 래준이만이 아니었다. 우리 반 아이들 모두를 함께 때리고 있었다. 그리고 잘 가르치지 못한 나 자신도 후려치고 있는 셈이었다. 사랑의 매라는 이름의 고상한 매질이 아니었다. 짐승처럼 울부짖으며 광폭하게 아이를 때리는데 갑자기 '딱!' 소리가 났다. 그 소리에 정신을 차려보니 래준이가 오른팔을 붙잡은 채 쓰러져 있는 게 아닌가. 내가 녀석의 팔꿈치를 내려친 것이다. 거의 동시에 키가 작달막한 종교부장 겸호가 날 껴안았고, 핸드볼 주장 기영이는 내 두 팔을 등뒤에서 감싸안았다. 겸호가 울면서 말했다.

"선생님 그만하세요. 래준이 죽겠어요!"

기영이도 거칠게 말했다.

"선생님 래준이 팔 부러진 것 같아요. 이제 그만하세요."

교실 바닥에 나동그라진 채 벌벌 떨면서 신음하고 있는 래준이를 보면서 나는 싸늘하게 말했다.

"일어나!"

래준이가 힘겹게 일어섰다.

"오기영! 여기 선생님 신분증하고 돈 있다. 길 건너 우리 학교 지정 병원 알지? 그리로 래준이 데려가. 가서 뼈에 이상이 있나 없나 알아봐! 그러고 와서 나한테 보고해!"

기영이의 부축을 받으며 래준이가 교실 문을 나섰다. 나는 창밖을 보며 마음을 진정시켰다.

'저 녀석 팔이라도 못 쓰게 되면……'

꼭 때려야 했나 하고 후회가 밀려들었다.

"이제 그만 가라! 오늘 종례는 이걸로 끝이다. 내일 이야기하자."

창밖만 바라보며 나는 아이들에게 말했다. 잠시 부스럭거리는 소리가 나더니 이내 조용해졌다. 이상해서 뒤를 돌아보니 아이들 모두가 책상 위에 올라가서 무릎을 꿇고 앉아 있는 것 아닌가.

"뭐하는 거냐?"

"선생님 래준이가 올 때까지 저희 이렇게 하고 있겠습니다."

반장이 말했다. 나는 뭐라 말을 못하고 계속 창가에 서서 교문만 바라보았다. 갑자기 하늘에서 비가 쏟아지기 시작했다. 교실 안은 어두컴컴해졌다. 얼마쯤 시간이 흐른 뒤 운동장을 가로질러 교실쪽으로 뛰어오는 래준이와 기영이의 모습이 보였다. 곧 물에 흠뻑 젖은 두 아이가 교실 안으로 들어섰다.

"선생님 래준이 아무 이상 없어요. 그리고 의사 선생님께서 사정 이야기를 들으시더니 치료비 안 받으셨어요."

"수고했다. 들어가라."

래준이가 제자리에 앉자 아이들은 책상에서 내려서며 안도의 한숨을 내쉬었다.

"김래준. 친구들이 너를 위해 일부러 이렇게 벌을 섰다. 할말 있으면 해봐라!"

래준이가 아이들 앞에 섰다. 고개를 떨군 채 한참 있더니 말했다.

"고맙습니다. 그리고 부탁이 하나 있습니다. 나한테 잘 대해주지 마세요. 난 나쁜 놈입니다. 그런데 여러분이 친절하게 해주니까 자꾸 여러분에게 함부로 대하게 됩니다. 자꾸 내 마음대로 해도 된다고 생각하게 됩니다. 날 미워해 주세요. 그래야 내가 정신을 차릴 것 같습니다. 난…… 나쁜 놈이거든요."

"선생님!"

몸이 아파서 일 년을 쉬고 복학을 한 영진이가 손을 들었다. 평소에 말 한마디 하지 않아 '침묵리우스' 라는 별명으로 불리는 아이였다.

"저도 래준이한테 한마디 해도 되나요?"

"해봐라."

"야, 김래준! 내 얘기 잘 들어. 우리가 뭐 니 꼬봉인 줄 알아? 니가 잘 대하지 말아달라면 '예' 하고 말 들을 것 같냐고, 이 자식아! 우린 우리 하고 싶은 대로 할 거야. 지금하고 똑같이 널 대할 거야. 저 꼬맹이 울보 종교부장 겸호는 아침마다 제일 먼저 와서 널 위해 울면서 기도할 거고, 덩치 좋은 핸드볼 짱 기영이는 너 흉보는 놈 있으면 언제나 그랬듯이 원펀치 먹일 거야, 임마! 좋으면 친구하고 나쁘면 친구 안 하고 그런 거 없어, 우린! 그러니까 니 부탁 들어줄 수 없어!"

영진이가 뚜벅뚜벅 걸어나오더니 래준이를 껴안았다. 다른 아이들도 한 명씩 나오더니 곧 우르르 한꺼번에 나와서 래준이를 껴안았다. 래준이는 둘러싼 아이들을 헤치고 나와 나를 힘껏 껴안고 울기 시작했다. 물론 '울보 경보' 라는 별명을 가진 나도 함께 울었다. 그야말로 교실 안은 온통 눈물 바다가 되었다.

"선생님! 비도 오는데 웃통 까고 수중 축구 한 게임 하죠!"

기영이가 큰 소리로 말했다.

"그럴까? 우리 한 게임 뛸까?"

그날 어둠이 깔린 운동장에서 아이들과 함께 비를 맞으며 온몸이 흙범벅된 채로 달리고 또 달렸던 축구 시합은 지금도 나의 가슴속에 한 송이 꽃으로 남아 있다.

내겐 춤이 있어

춤꾼 호림이

중학교 2학년, 호림이가 우리 반에 배정되었다. 사실 신입생 때부터 호림이는 학교에서 꽤 유명 짜했다. 얼굴은 하얗고 머리는 금빛을 띠고 있으며 눈은 파란, 서구적인 이목구비가 시선을 끌었다. 그렇지만 그보다는 평소에는 말 한마디 하지 않는 성격인데, 쉬는 시간이나 점심 시간만 되면, 그러니까 짬만 나면 교실 뒤와 복도와 학교 운동장 등 장소를 가리지 않고 어디에서나 춤을 추는 호림이의 모습을 자주 볼 수 있기 때문이었다. 성적도 형편없고 수업 시간에 잠만 자고 어떤 질문에도 일체 아무런 대답을 하지 않는데, 이따금 거리에서 만나면 헐렁한 바지를 입고 갖가지 색깔로 염색한 머리를 한 청년들과 어울려 다니는 호림이. 그런 호림이와 학교 선생이 서로 호흡을 맞춘다는 것은 쉬운 일

이 아니었다. 나는 호림이
에게 궁금한 점이 한두 가
지가 아니었지만, 녀석은
말 한마디도 제대로 나누려들지
않았다.

우리 반에 배정되고서야 나는 호림이의 걸음이 예사롭지 않다는 것을 알았다. 비록 배불뚝이어도 춤에 꽤 관심을 갖고 있는 내가 보기에 호림이는 나름대로 스텝을 개발하기 위해 연습을 하며 걷는다는 것을 알 수 있었다.

사월 어느 날, 나는 학급 잔치를 열었다. 네모난 교실, 네모난 책상, 네모난 책 속에 얽매어 있는 아이들과 나 자신이 조금은 안쓰러워 숨구멍을 틔우자는 거였다. 그 잔치에서 나는 호림이의 춤을 보았다. 중학교 2학년이라고 믿어지지 않을 정도로 현란한 몸짓의 춤은 그야말로 온 교실을 열광의 도가니로 몰아넣었다. 그 옆에서 세 명의 친구가 호림이의 동작을 어설프게 따라 하는 바람에 우리들 모두 와와 웃었다. 차갑고 딱딱한 교실 바닥에서 호림이와 세 명의 아이들은 뜨겁게 살아서 펄쩍펄쩍 뛰는 춤을 우리에게 선사했다. 그때 어떤 아이의 목소리가 들렸다.

"야! 호림이가 웃는다!"

초등학교 때부터 호림이와 함께 지냈던 아이들조차 호림이가 웃는 것을 처음 보았다며 신기해 할 정도라니, 호림이의 성격을 넘겨짚고도 남을 것이다. 아니나 다를까, 춤을 다 추고 난 호림이는 다시 무표정해졌다. 내가 어깨를 툭툭 치며 칭찬을 해도 호림이는 고개를 외로 틀고 먼 산만 바라볼 뿐이었다.

얼마 후 특활 발표회 행사를 학교 강당에서 치르게 되었다. 우리 반은 오스카 와일드의 동화 〈행복한 왕자〉를 공연하기로 했다. 화려한 왕자의 동상 아래서 하룻밤을 머무르게 된 제비가 가난한 이들을 보고 눈물을 흘리는 왕자—그러나 동상이어서 움직일 수 없는 왕자—를 위해 대신 일하다가 결국 얼어서 죽게 되었다는 가슴 따뜻한 이야기를 각색해서 공연하기로 했다.

우선 무대에서 네 명이 신나게 춤을 추고 있다. 그러면 변사가 말한다. "과연 신나게 춤을 추면 인생은 행복해질까요?" 이어서 돈을 많이 번 사람, 공부를 많이 한 사람, 권력을 손에 쥔 사람들이 음악에 맞춰 상징적으로 등장한다. 그때마다 변사는 관객들을 향해 질문을 던진다. 그러고 나서 〈행복한 왕자〉의 내용을 상징적으로 보여주고 마지막에는 〈축복의 노래〉를 부르며 공연을 마친다.

호림이는 연극 맨 앞부분에서 춤추는 역할을 맡았다. 호림이에게 역할을 이야기하자 호림이는 아무 말 없이 고개만 끄덕였다. 호림이는 바로 다음날부터 학급 잔치 때 춤을 추었던 세 명의 친구들을 불러놓고 춤동작을 가르치기 시작했다. 호림이도 말을 한다는 사실에 아이들이 도리어 놀랐다. 아이들의 반응에 아랑곳하지 않고 우리의 춤 선생은 진지하게 친구들과 춤을 연습했다. 나는 그러면서 호수보다 아름다운 눈을 가진 호림이의 속마음을, 그 아이가 춤을 통해서 잊고 싶어하는 것이 무엇인지 알 수 있는 기회를 얻게 되었다.

호수(湖)와 숲(林)이라는 뜻의 호림이라는 이름은 호수와 숲이 아름다운 나라, 캐나다에서 살고 싶어했던 호림이 어머니께서 지어주신 것이다. 그 이름은 어머니가 남겨준 큰 선물임을 호림이는 잘 알고 있었다. 고아였고 배운 것은 없지만 넓은 세계로 나아가고 싶어서 영어 공부만큼은 열심히 했던, 그래서 캐나다 젊은이와 사랑을 나누었으나 냉정하게 버림받고, 그때 이미 몸 속에 깃들인 생명 호림이를 혼자 억척스럽게 키워낸, 호림이가 초등학교 2학년 때 교통 사고로 하늘 나라로 먼저 가버린 어머니. 호림이는 자라면서 차츰 자신의 외모가 특이하다는 것을 알게 되었다. 어머니를 잃고 먼 친척 할머니 손에서 자라나는 것보다도 외모 때문에 아이들에게 놀림받는 게 견딜 수 없었다고 했다. 엄마의 삶을 이해하기에는 너무 어렸으니 원망하는 마음만 앙금처럼 남았을 것이다.

비뚤어진 행동만 거듭하며 친척 할머니와 실랑이를 벌이던 초등학교 4학년 어느 날, 호림이는 텔레비전에 나오는 연예인들의 춤동작을 따라 하게 되었다고 한다. 같은 동네에 사는 6학년 형들과 날마다 함께 춤을 췄다.

옷에 흙이 잔뜩 묻고 무릎에 상처가 나고 허리가 삐끗하고 팔이 부러지기를 여러 번 되풀이했다. 그러나 춤을 출 때면 모든 슬픔을 잊을 수 있었다고, 해서 계속 춤을 추고 싶노라고 호림이는 머뭇머뭇 고백했다.

특활 발표회가 있던 날, 강당 위에서 호림이는 여봐란 듯 신나게 춤을 추었다. 공연은 성공적으로 끝났고, 호림이는 정말 처음이지 싶게 하루 종일 환하게 웃었다.

다음날 호림이가 나한테 와서 물었다.

"선생님. 정말 춤을 추면 인생이 행복해지지 않을까요?"

나는 빙그레 웃음을 띤 채 말했다.

"충분히 행복해질 수 있지. 그런데 춤만 춘다고 행복해질 수 있을까? 밥도 열심히 먹고, 친구들과 많이 많이 친하게 지내고, 공부도 열심히 하고, 그리고……"

조금 뜸을 들인 후 말을 계속했다.

"엄마도 미워하지 말고…… 그래야 인생이 행복해질 수 있지 않을까? 선생님 말이 조금 어렵지?"

호림이의 얼굴이 잠시 굳어지더니 곧 웃음을 떠올렸다.

"노력해 볼게요. 열심히 노력해 볼게요."

인사를 하고 나가는 호림이의 뒷모습을 보면서 나는 호림이가 모든 것을 다 내주고도 버림받았던, 그러나 이 땅에서 가장 소중한 존재로 인정받은 '행복한 왕자' 같다고 생각했다. 그리고 저 아이의 곁에 남아 목숨까지 내어줄 수 있는 제비 같은 친구가 있어서 그와 함께 평생 신나는 '어울림의 춤판'을 벌일 수 있으면 좋겠다는 소망을 남몰래 품어보았다.

나는 절대로 너를 떠나지 않아

잠퍼맨 명석이

배가 아프다고 교실 바닥을 구르는 명석이를 들쳐업고 병원에 가보니 위궤양이라고 했다. 기본적으로 영양 섭취가 부족한 상태에서 불규칙한 식습관이 만들어낸 병이란다. 잠을 자느라고 밥을 제대로 먹지 못해서 그런 것 아닌가 하는 생각이 우선 들었다.

명석이는 중학교 3학년이나 되었는데도 한 번도 제때에 등교하는 법이 없는 늦잠꾸러기 지각 대장이고 점심 시간에 밥도 먹지 않고 잠만 자는 잠꾸러기였다. 얼마나 잠을 자는지 아이들이 잠퍼맨(잠의 슈퍼맨)이라고 부를 정도였다. 내가 아침마다 집 앞에서 깨워도 명석이는 쉽게 일어나지 못했고, 억지로 학교에 끌고 오면 하루 종일 내처 잠을 잤다.

병원에 다녀온 뒤에 우리는 명석이네 집으로 갔다. 방 안은 여러 가지 잡동사니 물건으로 어질러져 있고, 역겨운 냄새가 가득 차 있었다. 우선 집 안을 쓸고 닦고 죽을 끓여서 함께 나눠 먹었다. 널브러진 옷가지들을 모아 둘이서 빨래를 했다. 집 안 정리를 어느 정도 마치고 목욕탕에 둘이 나란히 들어섰다. 우리는 서로 깨끗하게 몸을 닦아주면서 이야기를 나누었다.

저요, 세상에 태어난 지 일 년도 채 안 되어서 엄마가 하늘 나라로 가셨어요. 우리 아버지는 칠순이 다 되셨고요. 야간에 건물 경비를 보시구요. 그래서 저는 초등학교 3학년 때부터 지금까지 늘 아침에 혼자였어요. 아침에 일어나면 머리맡에 만 원짜리 지폐가 한 장 달랑 놓여 있어요. 아버지가 하나하나 챙겨주지 못하니까 그 대신 세 끼 밥도 먹고, 학교 잡부금도 내고, 가끔 친구들과 군것질도 하라고 하루 용돈으로 주시는 거죠. 많다구요? 아니에요. 친구들하고 오락실 가거나 노래방 가거나 하면 한 시간도 안 돼서 다 쓰는데요. 처음에는 친구들하고 막 돈 쓰고 놀러다니는 게 좋았는데, 나중에 보니 그 자식들 돈이 있을 때는 같이 놀아주면서 돈이 떨어지면 저를 본체만체했어요. 아이들하고 함께 지내려고 하루 한 끼도 제대로 못 먹을 때도 많았는데, 이상하게도 배신감이 많이 들었죠. 외로웠지만 그런 친구들은 정말 싫어졌어요.

그러다가 저는 아버지를 졸라서 컴퓨터를 샀어요. 모니터 속 세계는 진짜 판타스틱해요. 채팅하는 게 좋죠. 욕설을 내뱉으며 울분을 맘껏 풀어버릴 수도 있었고, 저처럼 엄마 없는 친구를 만나 마음속에 있는 이야기를 나눌 수도 있거든요. 여자 친구와도 거리낌없이 대화를 나눌 수 있었고요. 이해하실지 모르겠지만, 인터넷에선 얼마든지 새로운 사람을 만나면 되니까 그들이 언제 나를 버릴까 걱정할 필요도 없잖아요. 학교 친구들의 행동은 예측할 수도 받아들일 수도 없는데…… 온라인 게임은 달라요. 게임의 승패 상황을 충분히 예측할 수 있고 지더라도 언제든 다시 시작할 수 있으니까요. 친구들은 만나지 않아도 컴퓨터 게임은 하루도 빠짐없이 하게 되고, 맨날 밤새우게 되고…… 학교 가면 혼자니까 차라리 자는 게 편하고……

목욕탕에서 명석이네로 돌아와서 내가 제일 먼저 한 일은 컴퓨터 청소였다. 나는 컴퓨터를 켜고 게임 프로그램을 매몰차게 모니터 속 휴지통에 버렸다. "정말 삭제하시겠습니까?"라는 반항

적인 물음이 모니터에 뜰 때마다 나는 몹시 화가 난 표정으로 마우스를 움직여 "예"를 눌렀다. 명석이는 멍하니 내 모습을 바라보고만 있었다. 그러다가 머뭇머뭇 말했다.

"선생님이 지우셔도 제가 다시 다운받아서 그 자리에 얼마든지 만들어놓을 수 있어요."

"상관없어! 내가 마음이 편할 것 같아서 하는 거야. 선생님 하는 대로 그냥 내버려둬. 내가 이렇게 해도 넌 다시 밤새도록 컴퓨터를 하고 학교에서 줄창 잠을 잘지도 몰라. 또 네 위장에 구멍이 날지도 모르고. 그때에도 여전히 난 너에게 아무런 도움이 못 될 거야. 그래도 지금은 이러고 싶어."

명석이가 뒤에서 내 등을 껴안은 채 울먹였다.

"선생님 고마워요. 그런데요, 선생님. 선생님도 언젠가 저를 떠나실 거잖아요. 제가 졸업하면 선생님도 저랑 헤어지잖아요. 그런데 컴퓨터는 안 그래요. 제가 지우지만 않으면 늘 그냥 있어요. 전 엄마도 없고, 아버지도 나이가 많아서 언제 돌아가실지 몰라요. 전 이젠 헤어지는 게 무서워요. 그러니까 그냥 두세요, 제발. 저 그냥 이렇게 살게 해주세요."

나는 명석이의 말에는 아랑곳하지 않고 계속 마우스를 딸깍거리며 말했다.

"난 너랑 헤어지지 않아. 절대 헤어지지 않아, 임마. 졸업하면 헤어진다고? 누가 너한테 그런 말 하더냐? 우린 졸업해도 평생 친구야! 매일 만나지는 못해도 늘 가슴속에 서로를 생각하는 마음을 갖고 살아가는 그런 친구란 말이다. 넌 나를 떠날지 몰라도 난 널 떠나지 않아!"

마구 흥분하는 나를 보고 명석이는 아무 말도 하지 않고 멍하니 서 있었다.

명석이는 그 뒤에도 컴퓨터를 떠나지 않았다. 그리고 잠에서 헤어나오지도 못했다. 명석이의 머리맡에 있는 지폐가 현금카드로 바뀌었을 뿐, 점심 시간 우리 반에는 여전히 늘 하나의 식판이

덩그러니 남아 있었다.

그렇게 시간은 흘러서 명석이는 졸업을 했다. 고등학교도 간신히 진학을 했다. 그 뒤로는 그 아이의 소식을 알지 못한다. 명석이의 말대로 우리는 헤어지고 서로를 떠난 것이다. 친구로 마음이라도 남아 있겠다던 젊은 담임 선생의 외침은 그저 치기 어린 소리로 끝나버린 것이다.

나는 오늘도 잠에 빠져 헤매는 친구들을 바라보며 명석이와 나누었던 대화를 떠올린다. 모두가 나를 떠나버렸다는 그 말, 그리고 절대 네 곁을 떠나지 않을 거라는 나의 외침…… 자꾸만 부끄러워진다. 세월이 흘러 연륜이 쌓여도 여전히 아이들을 잠에서 깨어나게 하지 못하는 나 자신을 발견한다.

그러나 다시 한 번 결심한다. 잠에 빠진 아이들의 소리에 귀를 기울이는 마음만은 굳어지지 말자고, 잠을 자고 있다는 사실보다 잠을 자게 된 아이의 마음에 더 관심을 갖자고, 쉽지 않은 싸움이겠지만 그것만은 포기하지 말자고 목젖을 울렁거리며 스스로에게 외쳐본다. 그렇게라도 외치지 않으면 안 될 것만 같다.

진짜 기적은 네가 살아 있는 거야

세상이 두려웠던 진호

"선생님, 저 진호 형 영호입니다. 선생님, 진호가 죽었습니다. 어제 아파트에서 뛰어내려서……"

진호가 죽었다고 한다. 천사보다 아름답게 살았던 진호가, 그것도 스스로 날갯짓하며 하늘로 올라가버렸다고 한다.

진호는 초등학교 3학년 때 축대에서 떨어졌다. 그 충격으로 뇌신경을 다쳤다. 오른손을 잘 쓰지 못했고 오른발도 조금 불편했다. 어눌하긴 했지만 의사 소통에는 별 문제가 없었다.

그렇지만 진호는 늘 웃음을 잃지 않는 평범한 중학생이었다. 목소리도 무척 고와서 학교 합창반원으로 자리매김을 톡톡히 했다. 개교 기념 행사 때 합창반에서 수화 찬양을 공연한 적이 있었다. 수화 동작 가운데 오른손을 활짝 펼치는 부분이 있었는데, 오른손이 불편한 진호에게는 당연히 어려운 동작이었다. 행여 진호의 자존심이 상할까봐 음악 선생님도 걱정을 많이 했다. 그러나 합창 발표회 때 진호는 누구보다 행복한 표정으로 자신의 팔을 힘껏 벌려 수화 노래를 우리에게 불러주었다. 우리들 모두는 눈물 한 방울씩을 매달고 진호의 노래를 들었다.

중학교 3학년으로 막 올라가기 직전인 이월 마지막 날. 진호는 병원에 실려갔다. 아주 낮은 계단에서 넘어졌는데 그 뒤로 의식을 잃고 뇌사 상태에 빠져버린 것이다. 삼월에 새 학기가 되었지만 우리 반에 배정된 진호의 얼굴을 나는 사월이 지나도록 볼 수 없었다. 오월 초에야 겨우 병원에서 면회가 허락되었다. 병원 침대에 누워 온몸에 바늘을 꽂고 초점 잃은 눈을 커다랗게 뜨고 있는 진호. 그 앞에서 나는, 결석 일수가 많으면 다음 해에 복학할 수 없으니까 우선 자퇴 처리해야 내년에 공부를 다시 할 수 있다는 명분을 내세워 자퇴서를 작성하자고 진호 가족을 설득했다. 죽음과 정면 승부하고 있는 제자 앞에서 학생의 미래를 책임지겠다는 선생이 하는 일이란, 자퇴서에 차마 도장을 찍지 못하고 덜 덜 떨고 있는 아버지 손에서 도장을 빼앗아 서류를 완성하는 일뿐이었다.

나는 그날 술을 아주 많이 마셨다. 그리고 학교 강당 한구석에서 울었다. 엉엉 울었다. 울기만 했다. 다음날 나는 우리 반 아이들에게 말했다.

"이제부터 학급 예배 시간에 진호를 위해 기도하지 말자. 진호는 살아날 가망이 아예 없어. 병원에서도 포기한 상태야."

아이들은 낮게 웅성거렸다.

"……그럴 수 없어요. 진호가 선생님에게는 수많은 제자들 가운데 한 명이겠지만 우리에게는 평생을 함께 할 친구예요."

아이들은 한숨을 내쉬며 말했다. 이런 생각은 다른 누가 아닌 바로 내가 심어준 거라면서…… 나는 다시 한 번 고개를 떨구었다.

'나는 저 녀석들만도 못하구나.'

그러나 나는 도저히 기도할 수 없었다. 진호가 다시 살아날 수 있다는 것을 끝내 믿을 수 없었던 것이다. 우리 반 아이들이 진호가 병마와 싸워 이기기를 기도하는 시간에 참여하는 것이 고통스러워 학급 조회를 오 분 늦게 들어가곤 했다.

그랬는데, 그해 가을에 진호가 살아났다! 그건 기적이었다. 진호가 말도 하고, 뛰어 다니기도 하고, 웃기도 하고, 밥도 먹다니! 나는 진호를 위해 기도하지 못했는데, 나 혼자 절망했었는데 …… 우리 반 아이들에게 진호의 소식을 전했을 때 아이들은 환호의 소리를 내지르고 손바닥이 부서져라 박수를 쳤다. 그 박수 소리와 함성은 내가 지금까지 들었던 어떤 노래보다 아름다웠다. 몸을 회복한 진호는 학교에 와서 친구들에게 고맙다고 인사하고 내게도 큰절을 했다. 나는 진호의 이야기를 〈기적을 만드는 소년들〉이란 제목으로 교지에 실어 그 기쁨을 학교의 모든 식구들과 나누기도 했다.

진호는 이듬해 복학을 했다. 적어도 겉으로 보기에는 한 살 어린 친구들과 생활도 잘해 나가는 것 같았다. 그런데 진호는 조금씩, 아주 조금씩 퇴행 현상을 일으켰다. 뛰어났던 수학 실력은 점점 떨어졌고, 몸도 조금씩 약해졌다. 감정도 어린아이처럼 여려졌다. 그러나 절망할 정도는 아니었고, 중학교를 마치고 고등학교에도 무사히 진학을 했다.

고등학교에 진학한 진호에게 전화가 자주 걸려왔다. 학교에도 사나흘이 멀다 하고 자주 놀러왔다. 고등학교라는 새로운 세상에

적응하는 것이 더 중요하다는 생각 때문에 나는 진호를 일부러 쌀쌀맞게 대했다. 마침내는 고등학교를 졸업한 뒤에나 학교에 찾아오라고, 전화도 하지 말라고 엄포를 놓았다. 진호는 내 말 따위에는 아랑곳없이 여전히 웃으면서 잘 알겠다며 교무실을 나섰다. 그 뒷모습이 애처로웠지만 그것이 진호의 미래를 위한 것이라고, 어쩔 수 없다고 나 스스로를 정당화해 왔던 터였다. 그런데 그새 목숨을 놓아버리다니!

장례식장에서 진호의 영정을 망연하게 바라보았다. 영호는 울먹이느라 제대로 말을 잇지 못하면서 내게 그 동안의 사정을 알려주었다.

"선생님도 아시다시피 진호는 중학교를 떠난 뒤 고등학교에 잘 적응하지 못했어요. 그래서 학교를 옮기기도 했고요. 고등학교 졸업을 앞두고 진호는 많은 부분에서 능력이 뒤떨어지고 있는 현실을 받아들이면서 존재 가치에 대해 고민하기 시작했던 것 같아요. 그렇지만 자기 고민을 털어놓다가도 어머니가 눈물을 비치면 언제 그랬냐는 듯 오히려 어머니를 위로하고는 했거든요. 그래서 저는 별 문제 없겠다, 짜식 잘 이겨낼 거라고 내심 안심하고 있었어요, 그런데, 그런데……"

그러던 어느 날, 방문을 걸어 잠그고 아파트 베란다 난간에 걸터앉아 있다가 그냥 '툭' 하고 떨어졌다는 것이다.

베란다 난간에 걸터앉아 진호는 어떤 생각을 했을까. 진호를 베란다에서 밀어버린 것은 그 누구도 아닌 바로 나 자신이라는 생각이 들었다. 삶이 힘겨워서 내게 왔던 진호를 밀쳐내지 않았다면, 내게서 밀려나면서도 웃음을 잃지 않았던 진호의 얼굴 뒤에 스며 있는 그늘을 알아보았다면, 잠시라도 그 아이가 쉴 자리를 마련해 줄 수 있었다면, 교육적이라는 이유로 냉정한 잣대를 들이밀지 않았다면……

부끄러움에 고개를 떨구는 내게 영호가 덧붙여 말했다. 진호는 늘 선생님 이야기만을 했다고, 자신이 선생님을 만난 것은 행운이라고 했다고, 죽기 전 날도 중학교 졸업 앨범을 한참 들여다보았다고……

가시방석에 앉은 것보다 더한 불편함과 아픔을 느끼며 장례식장을 나서려고 할 때였다. 부조금을 넣으려고 할 때 주머니에서 함께 삐죽이 따라 나오는 사직서를 보았다. 교직에 염증을 느껴 지난 밤에 작성한 사직서였다. 사직서를 망연히 바라보다 고개를 들었을 때 영정 속의 진호와 눈이 마주쳤다. 여전히 웃고 있는 진호. 그 아이는 내게 속삭이고 있는 것 같았다.

"선생님. 고마워요. 이렇게 한걸음에 달려오시다니, 정말 저는 복이 많은 아이인가 봐요. 선생님. 꼭 후배들에게도 사랑을 베풀어주세요. 그리고요, 그 사직서 찢어버리세요. 아셨죠!"

나는 생각했다. 아직 사직서를 내기에는 이른 시기라고, 진호에게 진 빚을 갚아야 한다…… 그래야 이 다음에 하늘에서 천사가 된 진호를 만났을 때 조금은 덜 미안할 수 있을 것이라고.

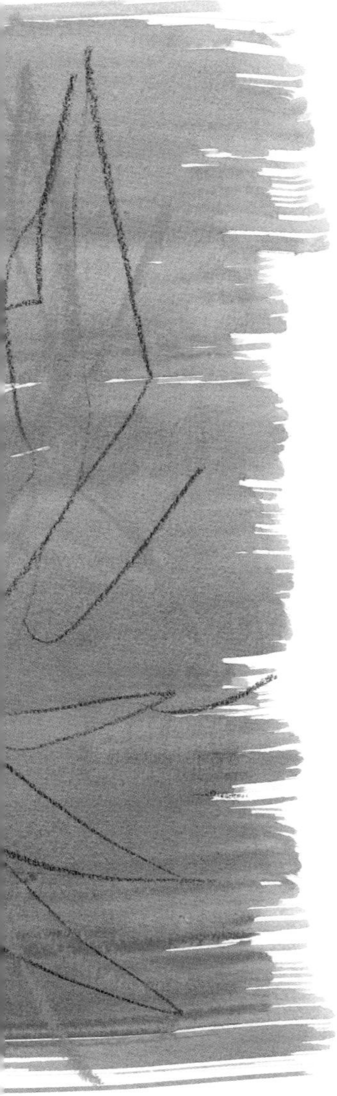

2

"벽을 향해 던져봐, 자 이렇게!"
머뭇거리기만 하던 친구들은 점점 홍이 오르는지
얼굴빛이 조금씩 밝아지면서 벽을 향해,
서로를 향해 공을 던지기 시작했다.

내 맘대로 사랑할 거야

돌쇠 민준이의 사랑법

민준이의 별명은 돌쇠다. 1학기에 열린 학급 대항 배구 시합 때 만들어진 별명이다. 그때 민준이는 새벽 다섯 시 삼십 분부터 학교에 나와서 연습하고 친구들을 격려해서 전력이 가장 약했던 우리 반을 준우승까지 올려놓았다. 물론 우리 반이 우승을 못해서 아쉽기는 했지만, 결승전 경기는 정말 손에 땀을 쥐게 할 정도로 아슬아슬했기 때문에 우리는 준우승에도 만족할 수 있었다. 민준이도 패배를 깨끗하게 받아들이고 순박하게 웃으며 우승한 반 친구들에게 악수를 청했다.

2학기가 시작되는 날 민준이가 나를 찾아왔다. 부끄러운 듯 망설이더니 공부를 잘하고 싶다며 말문을 열었다. 사실 민준이는 다른 부분의 능력은 꽤 뛰어난 편인데, 성적은 늘 최하위권에 머물러 있었다. 그래서 민준이 부모님은 걱정을 많이 하셨고 나도 신경이 많이 쓰였지만, 정작 민준이는 별 관심이 없어보였다. 그런데 이제 스스로 야간 자율 학습에 참여하고 싶다는 것이다.

"어머니께서도 전화를 하셨더구나. 너 혹시 엄마가 원하니까 하는 거냐?"

"예."

"정말 엄마가 시켜서 하는 거냐?"

"예."

"그럼 하지 마라. 그건 네 방법이 아니다. 넌 네가 하고 싶어야 하는 놈 아니냐. 돌쇠는 그렇게 사는 거 아니다. 어머니의 강요에 못 이겨서, 너 자신을 위해서가 아니고 자식된 도리를 다하기 위해서 공부하면 결국 얼마 못 가서 포기하게 될 거다. 아무리 네가 결심한 것을 노력해서 이뤄내는 능력이 뛰어나도, 선생님이 보기에 이건 아니다."

"선생님. 저 공부 꼭 해야 합니다. 그래서 4년제 대학에 들어가야 합니다."

"어머니께서 원하시니까?"

"그게 아니고 말입니다, 저기 있잖아요, 선생님. 엄마에게는

비밀로 해주실 수 있으시
죠?"

민준이가 어눌하게 말 했다. 민준이를 움직이게 만든 직접적인 원인은 어머니가 아니라 딴 곳에 있는 것 같았다.

"선생님. 제게 여자 친구가 생겼습니다. 지난번에 선생님께서 소개해 주신 봉사 활동 있잖아요. 음식 나눠주는 푸드뱅크 일 말이에요. 거기서 만났는데요, 그 친구가 무척 공부를 잘해요. 저도 대학에 가야 계속 만날 수 있을 것 같아서 공부를 하려구요."

아하! 이팔청춘 고등학교 1학년 민준이가 사랑의 열병을 앓기 시작한 것이다. 큐피드의 화살이 정확하게 심장 한가운데를 꿰뚫어버렸다. 민준이

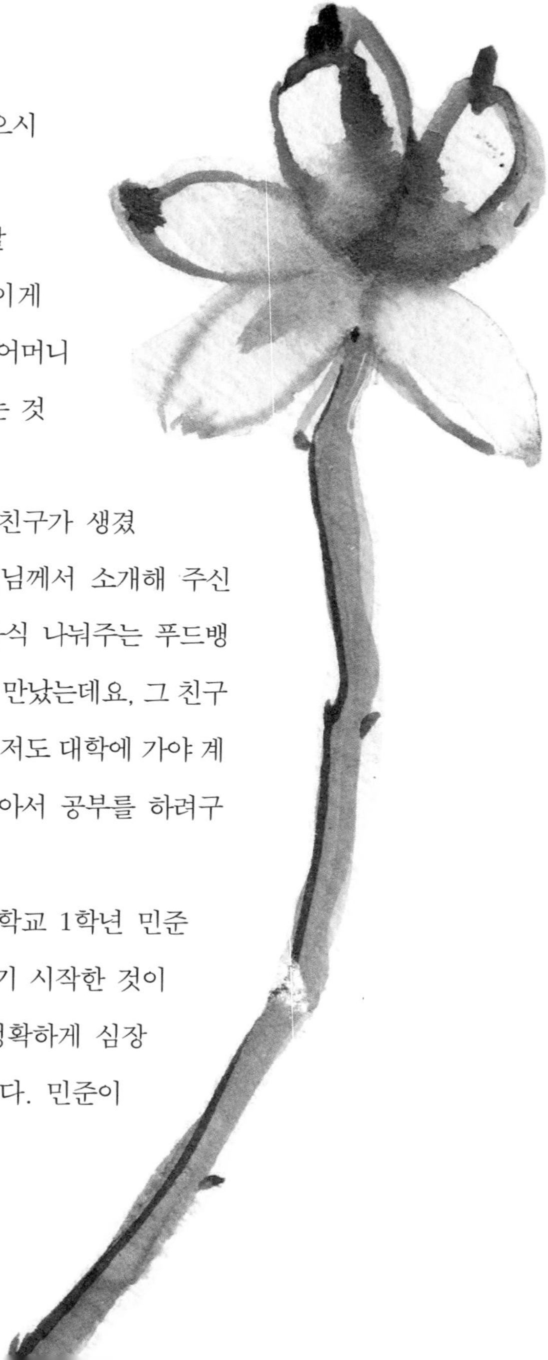

어머니가 아신다면 서운하겠지만 어쩔 수 없다. 어머니보다 더 강력하게 민준이에게 영향력을 행사하는 여인이 등장한 것이다. 그 여인이 민준이 마음에 불을 질러놓은 것이다. 무척이나 뜸을 들이며 진지하게 말하는 민준이의 벌겋게 달아오른 얼굴을 보며 나는 웃음을 참느라 고생했다.

"그 여학생도 널 좋아하냐?"

"예."

"증거 있냐?"

농담으로 말했더니 내 앞에 민준이가 조심스레 내놓은 것은 그 여학생의 이름표였다. 솔미라는 예쁜 이름이었다. 그러고 보니 민준이도 이름표를 달고 있지 않았다.

"옥민준! 너 내일부터 당장 명찰 달고 등교해라. 그리고 저녁에 공부할 것도 가방에 두둑이 챙겨와라. 솔미라는 친구 때문에 시작했어도 과정은 네가 만들어가는 거다. 너 자신을 위해서 공부한다는 사실을 잊지 말길!"

다음날부터 민준이는 정말 열심히 공부했다. 전교에서 제일 일찍 등교했고 교실에서도 맨 앞줄 가운데 앉았다. 쉬는 시간에도 화장실 다녀오는 것을 빼놓고는 제자리에 앉아서 책만 파고드는 눈치였다. 선생님들을 집요하게 쫓아다니며 질문 공세를 퍼부어 대고, 반에서 상위권에 있는 친구들에게 공부하는 방법과 과목별 학습 전략을 배우기도 했다고 들었다. 야간 자율 학습을 할 때 다른 친구들이 운동장에서 농구를 하거나, 교문 밖 분식집에서 저녁을 챙겨 먹고 돌아오는 그 짧은 시간도 아까워서 민준이는 물에 말아 얼른 도시락을 비운 뒤 다시 책을 집어들고는 했다. 아주 튼튼한 몸이었던 민준이가 코피도 여러 번 쏟아내고 한번은 병원에 실려가서 링거를 맞아야 하는 상황도 벌어졌다. 멈출 줄 모르고 공부하는 그 모습에 오히려 어머니와 내가 걱정이 앞설 정도였다.

중간 고사를 치르는 날이 되었다. 아침 조회가 다 끝나갈 무렵에 민준이가 교실 문을 열고 들어섰다. 나를 비롯한 아이들의 시선이 모두 민준이에게 날아가 꽂혔다. 얼굴에 구름이 잔뜩 끼어 있는 게 심상치 않았다. 온몸에 기운이 다 빠져나가고 없는 듯 보였다.

"선생님. 늦어서 죄송합니다."

민준이는 밤새워 운 사람처럼 눈이 퉁퉁 부어 있었다.

"시험 제대로 칠 수 있겠냐?"

"예."

"믿어도 되겠냐?"

"예."

시험이 끝난 날 민준이를 불렀다.

"옥민준"

"예."

"너, 너 말이다. 음…… 깨졌냐?"

"아니오."

"그럼 첫날 왜 늦었냐?"

"솔미가 시험 볼 동안은 만나지 말자고 그래서…… 보고 싶어서 밤새 울다가 아침에 늦었어요."

"뭐? 그럼 그 동안 매일 만났냐?"

"이틀에 한 번 정도 만났습니다."

"너 새벽에 학교에 오고 저녁 늦게 집에 가는데 어떻게 이틀에 한 번씩 만났냐?"

"직접 만나는 것은 주말에만 만났습니다. 솔미네 집이 영등포여서 신설동과는 거리가 있기 때문에 매일 만날 수 없거든요. 그래서 우리 동네에 놀러왔을 때 솔미를 바래다주었던 버스 정류장에서 삼십 분 정도 혼자 서서 솔미 생각을 하곤 했습니다."

"그런데 왜 우냐? 어차피 직접 얼굴 보는 것은 일주일에 한 번이고, 시험 기간은 일주일인데."

"솔미가 버스 정류장에 서 있는 시간 아껴서 공부하라고 했습니다. 그래서 버스 정류장에 가지 않았습니다. 솔미가 시킨 거니까요. 그런데도 슬펐습니다. 버스 정류장에서 삼십 분 동안 솔미 생각하는 게 무척 행복한 시간이었거든요."

나는 민준이의 사랑법이 조금 걱정되었다. 지나친 집착이 아닌가 하는 생각 때문이었다. 아무래도 민준이 어머니와 만나서 솔미 문제를 이야기할 때가 되었다고 판단했다. 시험 결과가 나온 뒤 겸사겸사 민준이 어머니를 만나야겠다고 마음먹었다. 그러나 그럴 필요가 없어졌다.

중간 고사를 치르고 얼마 지나지 않아서 야간 자율 학습을 하던 민준이가 외출을 허락해 달라고 했다. 신설동 사거리에 솔미가 와 있다는 것이다. 가서 만나야겠다고 했다. 나는 허락해 줄 수 없었다. 그 정도 시간 조절도 못하면서 사귀는 것은 사귀는 게 아니라고 말했다. 그러나 진짜 이유는 늦은 저녁이고 민준이의 감정이 너무 깊어서 어떤 일이 벌어질지 몰라 걱정되었기 때문이었다. 두 시간 내내 민준이는 내 옆에 가만히 서 있었다. 지금 솔미는 중요한 이야기를 하러 영등포에서 신설동까지 온 것이고 계속해서 자기를 기다리고 있을 거라는 말만 되풀이했다. 결국 손을 들고 만 나는 십오 분이라는 시간만 허락해 주었다. 신설동 사거리까지 뛰어갔다 오면 그만인 짧은 시간이었다. 그런데도 민준이는 환하게 웃으며 달려나갔다. 그리고 정확히 십오 분 뒤에 온몸이 땀으로 뒤범벅된 채 되돌아왔다. 그러나 나갈 때와는 달리 민준이의 얼굴은 딱딱하게 굳어 있었다.

그날 야간 자율 학습을 마치고 아이들을 모두 돌려보낸 뒤 민준이와 나는 운동장 돌계단에 나란히 앉았다.

"그러니까 그 계집애가 너하고 헤어지자고 그랬다고?"

"예."

"그 계집애가 네가 아닌 네 친구를 더 좋아한 것이라고?"

"예."

"나쁜 계집애. 무슨 소설을 쓰고 있냐!"

"선생님. 솔미 입장에서 그럴

수 있다고 생각합니다. 저 솔미 원망하지 않습니다."

"참, 속도 좋다. 네가 얼마나 노력했는데!"

"선생님. 그래도 이렇게 좋은 선물받아서 저는 만족합니다."

민준이의 손에는 전교 434등에서 190등으로 오른 성적표가 쥐어져 있었다. 성적표 위로 민준이의 눈물이 후두득 떨어져내렸다. 나는 성적표의 숫자가 민준이의 눈물에 희미해지는 것을 바라보고만 있었다.

우리 사이에 강물이 흐르기 시작했어

가면놀이꾼 명곤이

명곤이가 얼굴을 찡그리고 교무실로 들어왔다. 배를 움켜쥐고 얼굴이 벌겋게 된 채 조퇴를 하고 싶다고 했다. 걱정이 되어서 나는 부리나케 조퇴증을 끊어주고 다독거리며 명곤이를 집으로 보냈다. 저녁에 버스를 타고 집에 가다가 공원에서 친구들과 신나게 뛰놀고 있는 명곤이를 우연히 보게 되었다. 명곤이가 배 아픈 것이 다 나은 것 같아 나는 '안심' 했다.

다음날 아침 명곤이는 핼쑥한 얼굴로 책상에 엎드려 있었다. 그리고 1교시 후 어제처럼 몸이 아프다고 하소연을 해왔다. 약을 먹었느냐고 물었더니 어제는 하루 종일 몸살을 앓아서 약국에 갈 기력도 없었다고 했다. 밤늦게 들어오시는 홀어머니께서 걱정하실 것 같아 아픈 내색도 하지 않았다는 것이다. 나는 어제 공원에 있던 다른 아이를 명곤이로 잘못 알아본 것이라고 생각했다. 그래서 다시 조퇴증을 끊어주려고 했다. 그런데 옆에 계신 선생님께서 나를 조용히 불렀다.

"저 친구 집에 전화 먼저 하고 조퇴시키세요. 자꾸 그러면 버릇됩니다. 다른 아이들도 꾀병을 부리게 돼요."

나는 학생을 믿지 못하는 그 선생님의 태도에 마음이 좀 상했지만 명곤이 어머니와 통화를 할 필요는 있다고 판단했다. 아무도 없는 집에 가는 것보다 따듯한 국물이 있는 급식을 먹고 양호실에서 약을 먹은 뒤, 포근한 침대에서 잠을 자는 게 감기에 걸린 명곤이에게 더 좋을 것이라는 생각도 슬몃 들었다. 그래서 명곤이를 세워놓고 전화기를 들었다.

"선생님! 어디에 전화하세요?"

"어머니께 전화드려서 너 조퇴하는 거 말씀드리려고 한다."

내 말이 채 끝나기도 전에 명곤이 표정이 차갑게 변했다.

"전화하지 마세요. 괜히 어머니 걱정 끼쳐드리는 거 저 싫어요. 그냥 버틸게요."

그 말속에는 '조퇴시켜 주기 싫으면 관둬' 라는 뜻이 배여 있는 것 같았다. 금방이라도 쓰러질 듯하던 명곤이는 씩씩거리며 교무실을 빠져나갔다. 어이가 없고 기분도 몹시 상한 나는 심호흡을 했다. 속에서 끓어오르는 열기를 다스리고 냉정해져야 다음 반 수업을 제대로 할 수 있기 때문이다.

그런데 정작 사건은 다음 시간에 벌어졌다. 명곤이가 교실에서 사라진 것이다. 몰래 담을 넘어 학교를 빠져나간 모양이었다. 나는 급히 어제 명곤이를 보았던 공원으로 달려갔다. 아니나 다를까 그곳에는 명곤이와 여러 명의 아이들이 앉아서 까불대고 있었다. 나를 본 명곤이는 깜짝 놀라며 고개를 푹 숙였다. 그리고 나에게 다가왔다.

"선생님. 죄송합니다. 오늘 제 친구 생일이라서 파티를 해주기로 해서요."

"저 친구들 학교 안 다니냐?"

"다니는 아이도 있고, 안 다니는 아이도 있어요."

내가 아이들에게 다가갔다.

"누가 생일이니?"

내 물음에 아무도 대답하지 않았다. 그저 험상궂은 표정으로 나만 뚫어져라 바라보고 있었다. 나 따위는 아랑곳하지 않고 담배를 입에 물고 있는 친구도 있었다.

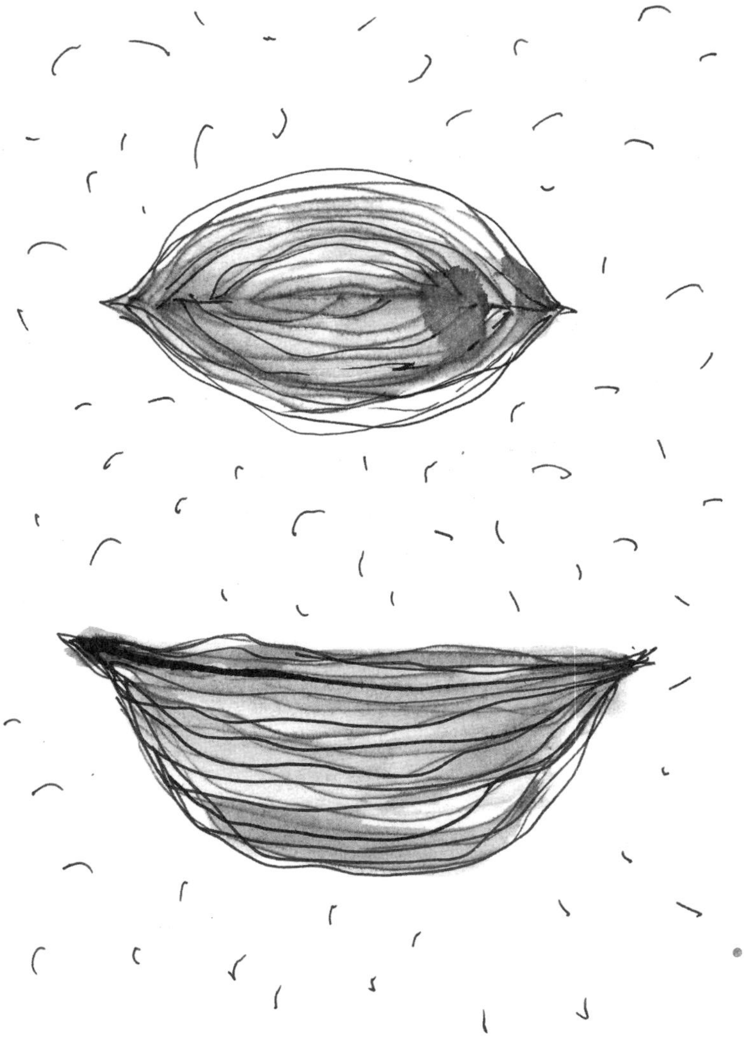

"어? 저, 문경보 선생님 아니세요?"

그 중 한 명이 아는 척을 했다. 자세히 보니 몇 해 전 중학교에 근무할 때 가르쳤던 친구다.

"뭐? 문경보 선생님? 저, 선생님 그럼 이동호라고 아세요?"

"그래 안다. 중학교 때 내가 가르친 친구지. 그런데 동호를 넌 어떻게 아니?

"우리 형이에요. 형한테 선생님 말씀 많이 들었어요. 그리고 저 초등학교 때 형이랑 길 가다가 우연히 선생님 본 적도 있어요."

선생님들의 전근이 드문 사립학교에서 근무하다 보면 가끔 이런 일이 생긴다.

"그래. 내가 아는 친구도 있는 것 같으니 좀 부탁하자. 명곤이는 나랑 다시 학교에 가야 하는데 허락해 줄 수 있겠니? 이 녀석 지금 몹시 몸이 아프다. 아마 친구들이랑 약속을 지키기 위해 여기 왔나본데 내가 다시 학교로 데려가야겠다."

명곤이가 아프다는 말이 거짓인 줄 알았지만 나는 그렇게 믿고 싶었다. 몸이 아프지만 친구들과의 의리 때문에 여기에 왔던 것이라고. 몰려 있던 친구들은 피식거리며 명곤이를 흘끗 보기도

하고, 어색한 표정으로 날 바라보기도 했다. 어쩔 줄 모르고 망설이고 있는 명곤이에게 한 여학생이 말했다.

"이제 네 마음 알았으니 그만 학교에 가."

나는 명곤이와 함께 학교로 돌아왔다. 돌아오는 길에 명곤이는 이런 말을 했다.

"선생님. 죄송해요. 아까 그 여자 애가 저에게 오늘 하루 전부를 자기에게 바치면 절 친구로 인정한다고 해서……"

명곤이는 애절하게 말했다. 그러나 이상하게도 명곤이의 말을 믿을 수가 없었다. 상대방이 확인할 수 없는 상황을 거짓말로 모면하려는 어른의 냄새가 그 아이에게서 확 끼쳐왔기 때문이었다. 나와 명곤이 사이에 깊은 강물이 흐르기 시작했다.

한 달 정도 시간이 흘렀다.

명곤이가 또 배를 움켜쥐고 교무실로 들어섰다. 온몸은 땀으로 흠뻑 젖어 있었다. 조퇴를 시켜달라고 했다. 나도 모르게 표정이 굳어졌다. 나는 명곤이 어머님께 전화를 했다. 어머니는 한걸음에 달려왔고 명곤이와 함께 병원에 갔다. 그리고 어머니께서는 오후에 학교에 다시 걸음하셔서는 명곤이가 그저 스트레스에 의한 가벼운 위염이어서 내일 등교할 수 있을 것 같다고 상황을 전해 주었다. 그러나 명곤이는 다음날 학교에 오지 않았다. 집에 전화를 해보니, 어머니는 몹시 당황하시면서 명곤이가 아침에 학교에 갔는데, 혹시 길거리에 쓰러져 있는 건 아닌지 걱정을 많이 하셨다.

다음날 아침. 명곤이 어머니께서 학교에 전화를 하셨다. 어젯밤 집에 와보니 명곤이가 방 한구석에서 잠을 자고 있더라고 했다. 어머니 말로는 명곤이 녀석이 학교에 가다가 너무 아파서 되돌아와서는 하루 종일 잠만 잤다고, 선생님과 어머니가 걱정할 것 같아 연락하지 않았다는 거였다. 그러나 그 전화를 받았을 때 나는 이미 우리 반 친구들한테서 명곤이가 친구들과 어울려서 극장에 간 걸 확인한 상태였다. 이제 어머니마저 거짓말을 하시는 게 아닌가. 자식을 위해 어머니는 가면을 쓰고 말씀하고 계신 것이다. 나는 모른체하고 질병 결석으로 처리했다.

한 달 정도 시간이 흘렀다.

명곤이가 배를 움켜쥐고 창백해진 표정으로 교무실에 들어섰다. 조퇴를 시켜달라고 했다. 나는 무표정한 얼굴로 조퇴증을 써주었다. 이제 그 아이를 사무적으로만 대하게 된 것이다. 저녁이 되자 가슴이 답답해졌다. 명곤이와 관계를 이렇게 유지할 수는 없다고 생각했다. 그래서 우선 공원으로 갔다. 그곳에 명곤이는 없었다. 그래서 명곤이가 자주 간다는 동대문의 한 쇼핑 상가를 돌아다녔다. 거기에서도 명곤이를 찾을 수 없었다. 마지막으로 명곤이네 집에 가보았다. 철문이 굳게 닫혀 있었다. 포기하고 돌아서려는데 공원에서 만났던 명곤이 친구들이 우르르 몰려오고 있었다. 나를 본 그 아이들은 명곤이가 지금 병원에 입원해 있다고, 급성 맹장염이라 수술을 마치고 회복실에 있다고 말해 주었다.

나는 이틀 뒤 병원에 찾아갔다. 명곤이의 상태는 꽤 좋아졌다. 그러나 얼굴은 우울한 빛을 띠고 있었다. 명곤이는 나를 보더니 어색하게 웃으면서 이런 말을 했다.

"선생님. 그 동안 저 거짓말 많이 했어요. 선생님께서 많이 용서해 주셨지만…… 그런데요, 선생님. 이상해요. 전에는 거짓말 하려고 배 아픈 척했는데요, 이번에는 경우가 달랐어요. 조퇴해야지 하고 생각하니까 그때까지 아무렇지도 않던 배가 진짜로 아팠어요. 학교를 나왔는데도 계속 아프더라구요. 거리에서 쓰러져서 병원으로 실려왔어요. 제가 거짓말을 많이 해서 벌받은 것 같아요. 이제 거짓말도 할 수 없는 사람이 되는 거 아닌지 모르겠어요."

참 어이없는 일이다. 자신이 필요할 때 가면을 쓰는 것이 습관이 된 명곤이는 이제 가면을 벗을 수 없게 될까봐 걱정하고 있는 게 아닌가. 그러나 염려되는 것은 명곤이가 아니었다. 명곤이와 만나면서, 점점 무표정한 가면을 쓰게 되고 이제 벗으려고도 하지 않는 내 모습이 나 스스로를 옭죄고 있었던 것이다. 내가 가면을 쓰고 대하는 것은 어쩌면 명곤이뿐만 아니라 교실에서 만나는 아이들 전부가 아닐까 하는 생각에 나는 무섬증을 느꼈다.

네게 빛나는 보석이 되어줄게

몸이 아픈 준용이

준용이는 뇌성마비 3급에 해당하는 장애를 겪고 있는 우리 반 친구다.

체육 선생님은 말한다.

"오래 달리기 시험을 보는데 아! 준용이 그놈 정말 악착같이 뛰더라구요. 여덟 바퀴를 돌아야 하는데 일곱 바퀴까지 뛰고 더 뛰려고 하기에 제가 그만하라고 그랬어요. 하! 그놈 물건이더라구요. 제가 다 눈물이 핑 돌던데요."

도덕 선생님은 말한다.

"도덕 시간에 준용이가 발표할 때는 아이들이 얼마나 조용한지 몰라요. 그리고 또박또박 한 글자도 틀리지 않게 발표하는 준용이 모습을 보니까 제 고개가 다 숙여지데요."

음악 선생님은 말한다.

“악기 시험을 보려는데 준용이 녀석이 못하겠다는 소리를 하지 않고, 오히려 손이 불편해서 악기를 잘 다룰 수 없는 걸 고민하더라구요. 배우는 자세가 됐어요. 준용이 같은 친구가 바로 학생입니다.”

한번은 시험 공부를 너무 열심히 한 탓인지 준용이가 병원에 실려가 입원했던 일도 있었다. 하루쯤 안정을 취해야 하는데 준용이는 늦게라도 학교에 와서 시험을 보겠다는 거였다. 이십오분 동안 국어 시험을 보고 일찍 집에 돌아간 준용이는 다음날 아

침까지 일어나지 못할 정도로 무척 앓았다고 했다. 국어 답안지에 답을 밀려 쓴 것 같아 걱정되고 밤새 답안지가 꿈에 나타나 괴롭혔다고도 했다. 하긴 시험 문제도 여간 까다로웠던 것이 아니고, 다른 아이들은 오십 분 동안에도 다 못 풀었던 문제를 이십오 분밖에 사용하지 못했으니 걱정되는 게 당연했을 것이다. 그런데 막상 채점을 하고 보니 준용이가 백 점을 맞았다. 고놈, 참.

고등학교 입학할 때 중위권이었던 준용이의 성적은 학급에서 최상위권으로 올라갔고 전교에서도 십 퍼센트 내외에 들 정도로 아주 뛰어나게 향상되었다. 하지만 준용이 어머니와 담임 선생인 나는 그 성적이 별로 반갑지 않다.

준용이 어머니와 내가 한숨을 내뱉으며 마음을 나누었다.

"어머니, 저는 준용이가 공부 너무 열심히 하지 않았으면 좋겠어요."

"선생님, 제 생각도 그래요. 욕심부리지 말고 좀 쉬라고 말을 하는데, 잘 듣질 않네요."

"건강한 사람도 그렇지만 준용이는 자기 몸을 관리하고 즐겁게 사는 법을 연습하는 게 더 필요할 것 같아요."

"꼭 좀 부탁드려요. 저도 집에서 노력할 테니, 선생님께서도 잘 말씀해 주세요."

어머니라면 모두 그렇겠지만, 특히나 아름다운 마음으로 자식을 대하는 준용이 어머님을 보면서 나는 늘 감탄하고는 한다. 참 아름답게 맺어진 어머니와 아들이라고.

"양준용! 너 이 학기 중간 고사는 개판 좀 치지 그래?"

"헤헤. 예. 선생님 그렇지 않아도 대충 보려고 그래요."

"잘 생각했다. 시험 때 일찍 끝나니까 푹 쉬고 맛있는 것도 많이 먹고 그래라."

"헤헤, 예. 선생님. 국어 망쳐도 용서해 주시는 거죠?"

"잘 보면 종아리 맞을 각오나 해라. 하하하."

우리 반 친구들은 내 앞에서 공부하기 힘들다는 말을 하지 않는다. 준용이의 불편함을 보면서 아이들 스스로 반성하고 다시 노력하기 때문이다. 덕분에 학급 성적은 내가 크게 신경을 쓰지 않아도 꽤 좋은 편이다. 준용이의 불편함은 주변을 환하게 밝히라고 하나님께서 주신 선물인지도 모르겠다. 앞으로 살아가는 나날 동안 그 빛은 더 강렬하게 열기를 내뿜는 보석이 될 거라고 우리 반 모두는 확신하고 있었다.

그러나 귀한 보석을 만드는 과정은 그리 순탄하지만은 않은 모양이다. 어느 때부터인가 준용이가 지각하고 조퇴하고 결석하는 일이 잦아졌다. 준용이가 새벽에 병원에 실려갔다며 전화하시는 어머니의 목소리에 오히려 미안함과 아픔이 배여 있어 내가 더 죄송하고는 했다. 나중에 알고 보니 준용이는 '크론'이라는 희귀병을 앓고 있었다.(크론은 소화기 장관의 전벽을 침습하는 질환으로 젊은 사람에게 발생하며 반복적으로 재발하면서 점점 진행된다. 수술을 필요로 하는 합병증이 많이 생겨서 결국에는 수차례에 걸친 수술이 불가피하며, 이에 따른 반복적인 소장 제거에 의해 영양 흡수 장애가 발생되는 질환이라고 한다.—준용이가 내게 보내온 메일 중에서) 병원에 다녀온 준용이의 얼굴은 늘 창백해서 우리 모두를 안타깝게 했다. 병 자체가 희귀한 것이어서 완전 치료까지는 많은 시간이 필요하다고 한다. 그래도 준용이 녀석은 까짓 아무 일도 아니라는 듯 여전히 컴퓨터도 잘하고, 친구들과 즐겁게 지냈다.

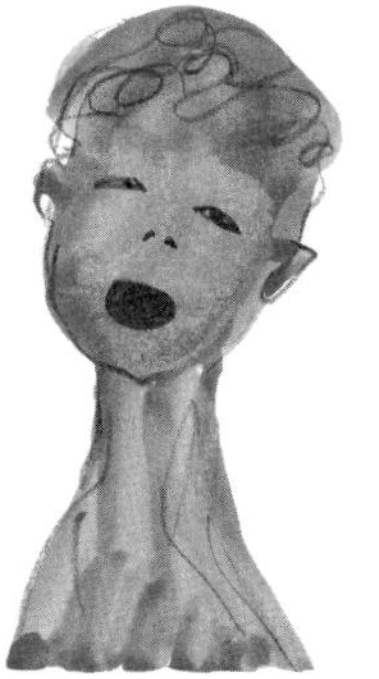

새벽에 병원에 실려가느라 준용이가 또 교실을 비운 날 나는 우리 반 친구들에게 말했다.

"얘들아. 너희들 중에 평생 준용이와 친구로 남아 있는 멋진 녀석들이 나왔으면 좋겠다. 그래서 힘들

때 서로에게 어깨를 빌려줄 수 있는 우정을 만들면 얼마나 좋을까? 지금 준용이가 연약하지만 우리들보다 훨씬 강한 친구란 거 알지? 준용이가 힘들면 힘들수록, 우리가 외로우면 외로울수록 더 꼭 껴안고 함께 세상을 살아갔으면 좋겠다. 아마 힘들수록 준용이와 우리는 더 강한 동지가 될 수 있을 거라고 나는 생각해. 그리고 너희들 사이에 내 자리도 하나 남겨놓는 것 잊지 않았으면 좋겠다."

아직 날갯짓도 제대로 연습하지 않았어, 우린

계절 학교에서 보낸 여름 한철

태양마저도 스스로의 열기를 주체하지 못하고 몸부림치는 여름 한복판이었다. 더운 날씨보다 더 뜨거운 불덩이를 가슴에 안고 있는 이팔청춘들이 고개를 숙이고, 몸을 움츠리고, 일그러진 얼굴로 교실에 앉아 있다. 덩치가 큰 친구들은 좁은 의자에 힘겹게 몸을 의지하고 있다. 교실이 어두운데 누구 하나 불을 켤 생각도 하지 않고 푹푹 찌는데 선풍기조차 켤 생각을 않고 있었다. 그저 그냥 그렇게들 앉아 있을 뿐이었다.

계절 학교 수업을 하기 위해 교실에 들어섰다. 한 학년을 다시 다녀야 할 정도로 성적이 형편없는 학생들에게 기회를 주기 위해 마련된 재교육 과정은 학생이나 선생 모두에게 고역이었다. 학교 입장에서야 학생에 대한 배려겠지만, 학생 입장에서는 자존심 상하는 것은 둘째치고 방학에도 학교에 나와야 하는 것부터 쉬운 일이 아니다. 선생 입장에서도 힘들기는 마찬가지였다. 수업을 진행하기가 만만찮기 때문이다. 수업에 집중하는 게 익숙하다면 아이들은 재교육 대상자에 해당되지도 않았을 테니 말이다. 그 고역투성이인 계절 학교 수업을 위해 나와 열 명의 친구들이 만났다.

철용. 중학교 때는 공부를 꽤 잘했고 늘 천진하게 잘 웃던 친구였다. 그런데 중학교 3학년 때부터 흔들리기 시작하여 이젠 세상에 대한 원망만 남아 있다.

민호. 공고에 진학하고 싶었지만 부모님의 강요에 못 이겨 인문계에 온 친구다. 부모님에 대한 반항의 몸짓으로 공부를 하지 않다가 이제 다시 공부해 보겠다고 결심했으나 너무나 먼 길을 돌아와서 힘겨워하고 있다.

남준. 시장 한 모퉁이에서 도라지를 파는 할머니와 단둘이 사는 친구다. 할머니를 위해 도라지를 까느라고 늘 손에 습진이 있다. 공부를 하고 싶은데 아무리 노력해도 성적이 오르지 않는다.

정태. 지방에서 서울로 전학을 왔다. 기본적으로 실력이 떨어지기도 하고, 두 학교의 교과서가 서로 달라 적응을 못하는 바람에 계절 학교가 뭔지도 모르고 자리에 앉아 있다.

상철. 고등학교 입학 직전, 친하게 지낸 동네 형들이 오토바이 절도 혐의로 구속된 덕분에 지난 겨울 경찰서를 수시로 들락거렸다. 이제는 그 형들에게서 벗어나려고 몸부림치고 있는 중이다.

태호. 불편한 몸 때문에 공부보다 건강을 추스르느라 많은 시간을 보냈던 친구다. 컴퓨터에 재능이 있음을 발견하고 건강을 다지면서 컴퓨터를 통해 자신의 인생을 만들어보기 위해 노력하고 있다.

그리고 개인적인 삶의 모습을 알 수 없지만 나름대로 상처를 껴안고 있을 네 명의 친구가 함께 있었다.

나는 우선 출석을 부르면서 눈맞춤을 했다. 또렷하게 살아 있어야 할 아이들의 눈동자가 너무나 힘이 없는 걸 보고 나는 화가 났다. 긴 한숨을 내쉬었다. 가만히 창밖을 바라보았다. 후드득 소리가 나더니 비가 쏟아지기 시작했다. 나는 혼잣말처럼 그러나 조금은 크게 말했다.

"날이 계속 뜨거울 것 같더니 생각지도 않은 비가 내리네."

준비해 갔던 자루에서 부드럽고 조그마한 공 하나를 꺼냈다. 그리고 힘껏 벽을 향해 던졌다. 벽을 향해 날아갔던 공은 탄력을 받아 나에게 다시 날아왔다. 몇 번을 반복했다. 어리둥절하고 있는 친구들 손에 공을 하나씩 쥐어주었다.

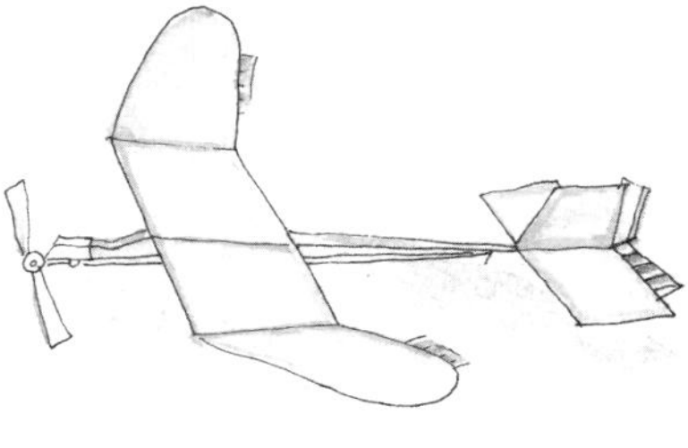

"벽을 향해 던져봐, 자 이렇게!"

머뭇거리기만 하던 친구들은 점점 흥이 오르는지 얼굴빛이 조금씩 밝아지면서 벽을 향해, 서로를 향해 공을 던지기 시작했다.

친구들이 한참 공 던지기에 맛을 들이고 있을 때 나는 말했다.

"신기하지 않니? 던지니까 되돌아오는구나! 내가 힘을 주니까 그만큼 다시 돌아온다! 그렇지?"

친구들이 모두 자리에 앉았다.

"만유인력의 법칙이 절대 진리라고 생각들 하니?"

내 질문에 친구들은 다시 얼떨떨해졌다. 그러나 나는 분명히 보았다. 그 친구들의 눈에 별빛보다 아름다운 빛줄기가 조금씩 퍼지기 시작하는 것을.

"그렇다면 연약한 싹이 하늘을 향해 솟아오르기 위해 단단한 땅을 뚫고 나와 하늘로 하늘로 올라가는 것은 어떻게 설명할 수 있을까?"

"살아보려고 그러는 거죠. 잘 살아보려구요."

철용이가 빈정거리는 투로 말했다. 그래도 내 이야기에 반응을 보이기 시작한 것이다.

"맞다. 그게 생명의 힘이다. 살기 위해서 하늘로 높이 오르려는 게 생명의 힘이다. 만유인력의 법칙을 뛰어넘는, 살기 위한 몸부림 말이다. 우리들은 살아 있다. 생명이란 말이다. 우리들에겐 그런 생명의 힘이 있다."

"그러니까 포기하지 말고 열심히 공부하라는 말씀이죠? 결론은 언제나 그거 아닌가요?"

민호가 재빨리 씹어뱉듯 말한다. 고개를 떨구고 있는 민호의 머리를 쓰다듬으며 말했다.

"그 동안 많이 힘들었을 줄 안다. 방학인데도 학교에 나와 이 자리에 이렇게 앉아 있는 것조차 너희들에게 힘겨운 일이라는 거 알고 있어. 그리고 그 힘겨운 작업에 허덕이는 너희들 어깨 위에 또 다른 짐을 얹어놓을 수밖에 없는 사실이 정말 안타까워. 그런데 혹시 너희들이 너무 빨리 포기한 것은 아닌지 묻고 싶다. 하늘을 나는 것이 힘들어서 그냥 추락해 버린 게 아닌가 하고 말이야.

추락하는 것은 날개가 있다는 말이 있지? 절대 아니야! 나는 너희들은 아직 추락하지 않았다고 생각해. 날지도 않았는데 무슨 추락을 하겠어? 지금은 날갯짓을 더 연습해야 하는 시기야. 공부? 물론 열심히 해야지. 그런데 그보다 우리가 먼저 해야 할 일들이 있어. 내가 얼마나 소중한 존재인가를 알고, 진실한 나를 발견하고 소중한 나를 만들어가는 연습을 해야 해. 그게 우리의 날갯짓이 아닐까 생각한다. 우리 오늘부터 차분히 지나온 날들을 생각하고, 지금 내 주변의 사람들과 상황을 느껴보고, 앞으로 다가올 날들을 꿈꿔보는 시간을 만들어보자. 우리 함께 만들어보자. 우리 모두 동지가 되어서 열흘 동안 신나게 판을 벌여봤으면 좋겠다."

객관적인 결과는 초라하기 짝이 없었지만, 열흘 동안 우리는 정말 죽을힘을 다해 싸웠다. 지각과 결석을 하는 친구도 많이 있었고, 수업 시간 내내 조는 친구도 있었고, 질문에 대답을 못하는 친구도 있었다. 그러나 우리는 만날 때마다 마음을 나누었고 헤어질 때 서로를 꼭 껴안아주었다. 서로를 배려하며 공부하는, 아니 인생을 만들어가는 방법을 배웠다. 천상병 님의 〈귀천〉, 도종환 님의 〈흔들리며 피는 꽃〉, 유치환 님의 〈바위〉를 암송하게 되었고, 권정생 님의 《강아지 똥》을 읽으며 삶의 지혜도 배웠다. 서른 개의 고사성어를 외워 쓰고 그 뜻을 이해하게 되었다. '이야기 이어 쓰기'를 하면서 소설 쓰는 방법도 배웠다. '마피아' 게임을 하면서 올바르게 말하는 방법도 배웠다. 《그리스 로마 신화》 한 권을 다 읽고 새로운 세상도 옛것에서 시작했다는 교훈을 되새겼다.

계절 학교가 끝나던 날 우리는 운동장에 나가서 공을 던졌다. 벽이 없어 되돌아오지 않던 공은 차츰 둘씩 짝을 지어 서로에게 던져주기 시작하자 곧 자신에게 돌아왔다. 열 개의 공이 다섯 개만 필요하게 되었고, 점점 줄어들어 나중에는 공 한 개만을 가지고 열 명의 친구들이 즐겁게 놀았다. 이제 비로소 자신의 날개를 소중하게 여기며 날갯짓을 연습하기 시작한 아이들의 모습을 보고 나는 모처럼 크게, 정말 신나게 웃었다.

널 그리워할 거야

용수를 먼저 보내며

몇 해 전 내가 담임을 맡았던 용수가 하늘 나라로 떠나버렸다. 열일곱 꽃다운 나이에 교통 사고로 세상과 이별한 것이다. 참 맑고 고운 친구였는데…… 내가 보이면 저 먼 곳부터 달려와서 꾸벅 인사하며 빙그레 웃고는 부끄러운 듯 자리를 뜨던 친구였는데……

나는 장례식장에 가지 않았다. 외동아들을 먼저 떠나보내고 가슴 아파할 용수의 부모님을 뵐 용기가 나지 않아서였다. 그저 강당 한구석에서 용수를 위해 기도하는 것으로 대신했다. 많은 친구들이 조퇴를 하고 병원으로 달려갔다. 그리고 밤새도록 장례식장에 머물러 있었다. 용수에 대한 친구들의 애정은 그만큼 깊었다. 다음날 아이들은 모두 눈이 퉁퉁 부은 채 등교했고, 어이없는 용수의 죽음에 아무 말도 못하고 그저 슬픈 표정들만 지었다.

사흘이 지나 용수를 화장하는 날이 되었다. 공교롭게도 우리 학교 중간 고사가 시작되는 날이기도 했다. 나는 여전히 우울한 마음으로 시험 감독을 하기 위해 교실에 들어섰다. 두 자리가 비어 있었다. 아이들에게 이유를 물어보니 화장터에 따라갔다고 했다. 순간 나는 화가 치밀었다.

"어떻게 시험 보는 날 그곳에 갈 수 있냐? 이놈들 혹시 시험 치르기 싫어서 핑계 대는 거 아냐?"

내 돌출 발언에 어쩔 줄 몰라 당황하는 아이들에게 나는 아무렇지 않다는 듯 시험지를 나눠 주었지만, 곧 내가 실수했다는 것을 깨달았다. 지금 용수에게 달려간 두 아이는 모두 성적이 좋지 않았다. 만약에 전교에서 일등을 하는 친구가 시험을 포기하고 화장터에 갔다면 나는 어떻게 반응했을까 생각해 보았다.

'공부를 못하는 친구들이었기 때문에

순수한 우정에서 나온 행동마저 의심하는 것은 아닌가? 극단적으로 말해서 행여나 아이들이 공부하기 싫어 세상과 이별하는 친구를 배웅 갔다 하더라도 그것을 나쁘게 해석하기보다는 아름다운 모습으로 바라볼 수 있는 게 선생의 도리가 아닐까? 그리고 아이들에게 너희들 참 멋진 놈이다 하고 어깨를 다독여줄 수 있어야 하지 않을까?'

내가 그렇게 행동한다고 해서 아이들이 '선생님이 우리한테 속았구나' 하면서 킬킬대리라고는 생각하지 않는다. 고등학교 1학년은 그렇게 어리지 않기 때문이다. 어쨌거나 내가 너무 성급하게 아이들을 단죄하고 판단한 것이다. 이래저래 나는 그 시간이 힘겨웠다.

용수가 하늘로 떠나고 난 지 두 달이 흐른 어느 날, 지난 시험 때 결석하면서 용수를 못 잊어했던 경환이와 이야기를 나눌 기회를 얻었다.

"화장터에 가서 많이 울었니?"

경환이는 아무 말도 하지 않았다.

"그날 학교에 유골함을 갖고 오는 거 봤는데 선생님이 잘못 본 건가?"

그제야 조금 울먹이는 목소리로 경환이가 이야기를 꺼내놓았다.

"예, 선생님. 저희가 유골함을 갖고 왔어요. 하지만 유골은 거기 없었어요. 이미 화장터에서 뿌렸거든요. 그냥 용수 부모님께 허락받아 빈 유골함을 들고서 용수가 자주 가던 오락실, PC방, 분식점, 놀이터, 공원…… 그리고 중·고등학교 건물을 보여줬어요. 마지막이니까 잘 봐두라고…… 재를 한 움큼씩 잡고 뿌렸던 장갑하고 용수가 좋아했던 몇 가지 물건을 유골함에 넣어서 수위 아저씨께 허락받고 운동장 한구석에서 태웠어요."

어느새 경환이는 눈물을 흘리고 있었다.

"그래 잘했다. 선생님 몫까지 너희들이 다 해주었구나. 고맙다. 그런데 선생님이 부탁 하나 하자. 이제 용수네 집에 그만 갔으면 좋겠다. 얘기 들어보니 용수 생일이라고 너희들끼리 모이고, 사십구제 때도 학교를 또 결석하면서 갔다고 들었는데, 내 생각에는 이젠 그만하는 게 좋을 것 같아. 학교를 빠졌다고 탓하는 게 아니라, 용수 부모님이 너희들을 보면 더 힘드시지 않을까? 너희들이 용수를 대신해서 그분들에게 위로가 되지는 못할망정 힘드시게 하면 안 된다고 선생님은 생각하는데……"

"예 선생님. 저희들도 약속했어요. 이젠 그만하자구요."

후두둑 떨어지는 눈물을 팔뚝으로 쓱쓱 닦으며 먼 하늘을 보던 경환이가 오랜 뜸을 들인 뒤 이렇게 말했다.

용수의 죽음은 내가 교단에 선 이후로 세 번째 만나는 슬픔이다. 세 명 모두 내 가슴 한구석에 묻어놓고 살아가고 있다. 바람에 흔들리고 흔들리다 지쳐, 미처 피지 못한 꽃떨기가 된 그 아이들은 내 마음 밭에서 영원히 지지 않는 한 송이 꽃으로 남아 있다. 용수의 죽음 앞에서 흔들리며 피어나는 꽃과 같이 슬프고 아름다운 제자들의 모습을 다시 만났다. 아니 꽃보다 더 어여쁜 제자들을 만나고 있다.

흔들리지 않고 피는 꽃이 어디 있으랴
이 세상 그 어떤 아름다운 꽃들도
다 흔들리면서 피었나니
흔들리면서 줄기를 곧게 세웠나니
흔들리지 않고 가는 사랑이 어디 있으랴

젖지 않고 피는 꽃이 어디 있으랴
이 세상 그 어떤 빛나는 꽃들도

다 젖으며 젖으며 피었나니
바람과 비에 젖으며 꽃잎 따뜻하게 피웠나니
젖지 않고 가는 삶이 어디 있으랴

—도종환, 〈흔들리며 피는 꽃〉, 《사람의 마을에 꽃이 진다》

도종환 시인의 〈흔들리며 피는 꽃〉이란 작품을 읽었다. 그 시가 아름다워 교실 뒷면에 곱게 꾸며 걸어놓았다. 용수의 죽음을 아파했던 경환이와 여러 친구들에게 이 시를 선물하고 싶었다. 오랜만에 하얀 종이에 사각사각 소리나는 연필로 정성스럽게 써서 예쁜 편지 봉투에 담았다. 딱딱한 훈계나 설교가 아니라 귓가에 속삭이고 싶었다. 지금 슬프고 힘들지만 흔들리는 너희들 모습, 그것이 인생이고 아름다움이라고 낮게 낮게 속삭이고 싶었다.

오래도록 널 지켜볼게

학교를 그만둔 친구들

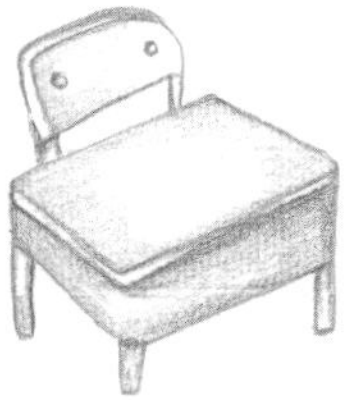

우리 반 교실 한구석에는 아주 오랫동안 빈 책상 두 개가 놓여 있었다. 하나는 입학과 동시에 춤을 추고 싶다며 자퇴를 해버린 친구의 자리이고, 다른 하나는 가정 형편 때문에 본인의 의지와는 상관없이 학교를 떠나게 된 친구의 자리였다. 우리 반 아이들 대부분은 그 친구들과 중학교 시절을 함께 보낸 추억을 갖고 있었다. 그런 탓에 우리 반 아이들은 비록 같은 교실에서 일 년 내내 함께 공부하지는 않았지만, 그 아이들이 친구라는 사실을 기억하고 싶다고 했다. 어쩌다 일요일에 외부에서 실시하는 시험장으로 교실을 개방한 다음날이면 그 두 개의 책상이 사라지기 일쑤였다. 그러면 우리 반 아이들은 무슨 성스러운 의식을 행하는 것처럼 심각한 얼굴을 하고 다시 두 개의 책상과 의자를 구해서 그 자리에 가져다놓곤 했다.

나는 2학기 중반쯤 되어 아이들에게 말했다.

"이젠 그만 그 친구들을 놔줘라. 너무 오래 붙들고 있는 것도 좋지 않다."

아이들은 말했다.

"선생님, 저 두 친구는 아직 다른 학교로 전학 간 게 아니잖아요. 그 동안만은 우리 반에 자리를 만들어놓고 싶어요."

"저 친구들이 다른 학교에서 공부하고 있다는 소식이 들리면 그때 치울게요."

나는 다시 아이들에게 말했다.

"너희들 생각이 너무 감상적이지 않니? 너무 이기적이지 않냐는 말이다. 마치 저 아이들이 큰 불행을 겪고 있는 것으로 단정하고 너희들이 무슨 마음 좋은 천사라도 되는 양 책상을 거기 그냥 놓고 있는 거 아니냐? 정말 책상을 저기다 그냥 두면 그 아이들이 편해질 거라고 생각해서, 그 아이들을 위해서 저기다 놓고 있는 거니? 좀 솔직해질 수는 없니?"

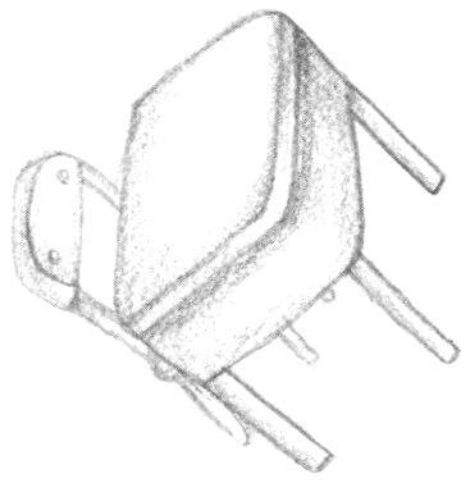

아이들은 아무 말도 하지 않았다. 그러나 애절하게 나를 바라보고 있었다. 아이들의 얼굴과 눈빛은 나에게 이렇게 소리 없이 말하고 있는 것 같았다.

'아뇨, 선생님. 차라리 우리가 책상을 포기하지 않으면 그 친구들이 행복해진다고 믿을 수 있었으면 좋겠어요. 그렇지 않다는 거 우리도 잘 알아요, 선생님. 하지만 우리들은 아무것도 할 수 없어요. 선생님은 우리들 앞에서 친구들을 위해 펑펑 울며 기도라도 하지만, 우리들은 부끄러워서 그렇게도 못해요. 그래서 책상이라도 놓아두는 거예요. 떠나간 친구들을 위해서가 아니라 우리 스스로 위로받고 싶어서, 떠나간 친구에게 아무것도 해줄 수 없는 우리 스스로 위로받기 위해서요. 선생님 우리가 그 친구들을 도와주는 슈퍼맨이 아니란 거 잘 알고 있어요……'

참 기나긴 줄다리기였다. 떠나간 친구들 때문에 가슴이 꽉 막혀서 아무것도 할 수 없는 담임 선생과 바보 같은 학생들이 서로의 앙가슴에 종주먹질을 해대고 있었다. 나는 반 아이들의 말에 긍정도 부정도 하지 않고 교실 문을 나섰다. 그렇게 토요일과 일요일이 흐르고 다시 월요일이 되었다. 교실문을 열고 보니 두 개의 책상은 어디론가 사라져버렸다. 다만 두 개의 의자가 창문 쪽을 향하여 나란히 놓여 있었다.

"선생님. 저희들이 잘못했어요. 이제 그 친구들의 행복을 빌기로 했어요."

"그래서 밖이 잘 보이는 창가에 그 친구들이 앉았던 의자를 놓아두었어요. 시간이 있을 때마다 그 자리에 앉아 친구들의 모습을 떠올리며, 지금 몹시 힘겨워하고 있을 그 친구들을 위해 기도하기로 했어요."

"이 세상 어디에 있든지 우리 반 친구들과 다름없이 좋은 친구들 만나서 행복했으면 좋겠어요."

"우리 반이라는 울타리에 너무 갇혀 있었던 것 같아요, 선생님……"

아이들의 결정에 나는 어떤 말도 할 수 없었다. 다만 그 두 개의 의자에 앉아보았다. 따스한 온기가 남아 있었다. 방금 전까지 누군가 앉아 있었나 보다. 학교 운동장과 질주하는 차들의 풍경이 창밖으로 고스란히 내다보였다. 그 두 친구가 어디에서 어디를 향해 달리든 우리는 이렇게 거리를 두고 지켜볼 수밖에 없을 것이다. 그러나 오래도록 이렇게 지켜볼 수는 있겠지. 오래도록 잊지 않고……

사실 자신이 없었을 뿐이야

꿈을 찾아 떠도는 우진이

국사 시간.

"거기, 조는 사람, 일어나라."

국사 선생님이 우진이를 깨웠다. 우진이는 몽롱한 눈빛으로 선생님을 바라보았다가 다시 엎드렸다. 다시 국사 선생님이 우진이의 어깨를 흔들었다.

"그렇게 졸리면 세수를 하든지 아니면 뒤에 나가 서 있어라."

영국 신사라는 별명에 걸맞게 국사 선생님께서는 점잖게 말씀하셨다. 그러나 우진이는 들은 척도 하지 않았다. 화가 나기도 하고 이유도 궁금해진 국사 선생님께서 다시 우진이의 어깨를 흔들며 깨웠다. 그랬더니 우진이는 갈라진 목소리로 이렇게 말했다.

"선생님. 저 학교에 와서 잠이라도 자게 해주세요. 그리고 저 때문에 공부 열심히 하는 친구들이 손해보는 거 싫어요. 그러니까 저한테 신경 쓰실 힘 있으면 다른 친구들에게 써주세요. 제발 그냥 놔두세요, 선생님!"

놀란 것은 국사 선생님만이 아니었다. 우리 반 친구들 모두였다. 우진이의 반항적인 말버릇 때문이 아니라, 평소 어눌하게 말을 잘하지 못하는 우진이가 그렇게 자기 생각을 또렷이 표현할 줄이야! 게다가 말을 마치자마자 대성통곡을 하다니……

우진이가 곧 교무실로 올 거라며 국사 선생님이 내게 들려준 사건의 전말은 대충 이러했다.

심우진.

입학 성적 전교 꼴찌. 음악은 소질이 없고, 체육은 의욕이 없고, 미술은 관심이 없음. 취미, 물건 부시기. 특기, 부서진 물건과 이야기하기.

우진이의 자기 소개서에 적혀 있는 내용이다. 성적에 대해서는 말도 하지 않았는데 스스로 전교에서 꼴찌라고 적었다. 음악, 미술, 체육에 관한 내용도 자신이 적은 것이었다. 난 아무 말도 하

지 않고 우진이를 내 옆에 세워놓았다. 우진이는 침묵 작전을 펴는 중이었다. 선생님들께서 모두 퇴근하고 해도 뉘엿뉘엿 지고 교무실엔 우진이와 나만 남게 되었다.

"오늘은 이쯤 하자, 심우진. 내일 다시 이야기 나누자."

나는 퇴근 준비를 하며 우진이를 교무실 밖으로 내보내려 했다.

"선생님. 저 전학 보내주세요."

아무 말도 하지 않고 버티던 우진이의 입을 여는 데 일단 성공했다!

"내일 이야기하자."

"선생님 저 내일부터 학교에 안 나오겠습니다."

"그래라 그럼."

"선생님!"

우진이가 흥분하고 있었다. 이제 대화를 나눌 때가 되었다고 판단했다.(이즈음에서 기가 죽고 아무 말도 하지 않는 학생은 정말 학교에 오지 않는 경우가 많다)

"그런데 말이야 내일은 내일이고, 배고픈데 저녁이나 함께 먹을까?"

저녁을 먹으며 우진이의 속내를 캐물었다.

우진이는 공업 고등학교로 전학 가고 싶어했다. 부모님께서 반대하셔서 할 수 없이 인문계에 왔다는 거였다. 공업 고등학교에 가면 별로 노력하지 않아도 중학교 실력만 갖고도 성적을 상위권으로 끌어올릴 수 있다고 생각했다.(우진이의 중학교 때 성적은 중상위권 정도였다) 공업 고등학교 아이들은 공부를 열심히 하지 않으니까 자기가 조금만 노력하면 전교 상위권을 유지할 수 있고 대학교에 가는 것도 쉽다고 했다. 중학교 선생님과 동네 형들이 그렇게 말했단다. 그러나 우진이는 공업 고등학교에서 무엇을 배우는지, 자신의 적성에 맞는지는 전혀 생각해 본 적이 없는 것 같았다.

그 다음날부터 여름방학이 되기 전까지, 나는 우진이의 그 허상을 깨부수는 데 꼬박 한 학기를 보내야 했다.

여름방학 때 우진이가 메일을 한 통 보내왔다. 그 편지에는 드디어 자기가 가야 할 길을 발견했다는 기쁨에 찬 우진이의 목소리가 담겨 있었다. 그런데 그 다음 말은 좀 아리송했다. 선생님께서 도와달라는 말이나 부모님을 설득해 달라는 말이 영 찜찜했다. 편지에 따르면 우진이는 패션 디자이너를 꿈꾸게 되었단다. 한 의류 회사의 패션쇼를 보고 나서 그 화려함에 완전히 반해 버린 모양이다.

개학 후에 우진이를 만났는데, 손에 붕대를 감고 있었다. 가위를 들고 옷감을 자르다가 손을 다쳤다고 했다. 벌써 연습에 들어갔나 보다. 우진이는 여전히 부모님 좀 설득시켜 달라고 성화였다. 이렇게 자기 꿈을 찾아 열심히 하겠다는데 무슨 일인가 싶어 우진이네 집에 전화를 걸었다. 우진이 부모님께서는 한숨부터 내쉬었다. 우진이 아버님은 이렇게 말씀하셨다.

"선생님, 우진이 할아버지께서 양복 만드는 일을 하셨어요. 그래서 저 녀석 몸에도 할아버지 피가 흐르는 줄 알았죠. 그런데 내가 이야기를 해보니 그게 아니더라구요. 저 녀석 말입니다, 공부가 하기 싫어서 저러고 있는 거예요. 제가 더 화가 나는 건 저 녀석이 공부도 하지 않으면서 성적 때문에 자존심이 상해서 저러는 것 같다는 겁니다."

우진이 아버님 말씀은 다 맞았다. 우진이의 성적은 정말로 바닥으로 떨

어져내리고 있었고, 그런데도 남보다 뛰어나다는 것을 인정받고 싶은 자존심은 끊임없이 꿈틀대고 있었던 것이다. 우진이는 학과 공부처럼 지겹지 않고 노력을 아주 많이 하지 않아도 성공할 수 있는, 그래서 자신의 상처받은 자존심을 회복시켜 줄 수 있을 것 같은 길을 찾고 있었던 게 아닐까. 결국 패션 디자이너가 되겠다는 꿈은 한 달 동안 학원을 다니다 지쳐버린 우진이가 스스로 접고 말았다.

가을 내내 바람에 떠도는 낙엽보다 더 쓸쓸하게 학교를 다니던 우진이가 어느 날 심각하게 나를 찾아왔다.

"선생님. 대안 학교에 가면 즐겁게 생활할 수 있고, 공부를 하지 않아도 고등학교 졸업 자격증을 준다던데요. 저 거기 가면 안 되나요?"

우진이의 눈빛은 차라리 애절하기까지 했다.

"우진아. 그곳에 가도 공부는 해야 해. 오히려 더 힘들지도 몰라. 대안 학교에 꼭 다녀야 될 친구들이 있어. 그런데 선생님이 보기에 넌 아니다. 선생님이 걱정하는 건 네가 대안 학교에 가고 안 가고가 아니라 그곳마저 마음에 안 들면 그 다음엔 네가 어떻게 행동할까 하는 점이야."

나는 우진이에게 대안 학교 관련 자료를 뽑아주고 차근차근 설명해 주었다. 최대한 객관적인 입장에서 우진이에게 대안 학교에 대해 이야기했다. 우진이는 한숨을 쉬면서 조용히 교무실을 빠져나갔다.

며칠 지나지 않아 우진이가 나를 또 숨이 넘어갈 듯 찾아왔다.

"선생님 직업반 가면 놀고먹는 거죠? 죽어라 공부하지 않아도 돈도 벌고 대학도 갈 수 있죠? 학교에 오는 직업반 형들 보니까 머리도 마음대로 기르고 수업도 얼마 받지 않던데…… 저 직업반 갈래요."

나는 가만히 우진이를 바라보았다. 지난 일 년 동안 계속 편한 것만 찾던 우진이는, 결코 편안하지 않은 일 년을 보내고 내 앞에 앉아 있다. 나는 우진이의 손을 쥐고 눈을 감았다. 그 떠도는 아이의 손을 더욱 힘껏 잡는 것밖에 내가 할 수 있는 일은 없었다. 우진이는 지금 불안한 눈빛으로 나를 가만히 쳐다보고 있을 것이다. 이제 이 아이는 또 어떤 신기루를 보고 내게 달려올 것인가?

너라는 파도를 품어안는 바다가 되고 싶어

이태원 촌닭 병훈이의 꿈

총 출석 일수 63일 중 결석 일수 48일, 지각 5회, 조퇴 8회.

전학 서류를 보고 있는 내 얼굴에 교활한 웃음이 빙그레 떠올랐다. 또다시 정면 승부를 걸 수 있는 친구가 라일락 향기 짙은 오월에 우리 교실에 들어선 것이다. 한번 겨뤄서 이겨보고 싶은 승부사의 기질이 내 맘속에서 움찔움찔 솟아나고 있었다.

김병훈. 나이는 또래보다 한 살 많으나 그것도 정확하지 않음. 그 이유는 어느 겨울날 집 앞에 버려진 아이이기 때문. 즉 일반적으로 표현하면 '업둥이' 임. 현재 어머니는 예순여덟 살, 빌딩 청소부. 아버지는 일흔다섯, 치매 걸린 노인. 중학교 2학년 때 패싸움으로 자퇴. 본인은 전혀 학교 다닐 의향이 없으나 나이 드신 어머니가 추운 마당에서 무릎을 꿇고 꼼짝도 하지 않아 할 수 없이 학교를 다녀주기로 결정함. 빡빡 깎은 머리에 얼굴엔 여드름이 잔치판을 벌렸음. 가느다란 눈은 늘 음흉한 미소를 띠고 있으나 두터운 입술을 보면 순진한 면도 있는 듯함. 현재 이태원 밤거리에서 꽤 알려진 주먹이라고 본인이 말함. 이태원 촌닭(본인은 이태원 쌈닭이라고 주장함)이라고 불림.

병훈이를 데리고 교실로 들어섰다. 나는 새로 전학온 친구라며, 병훈이더러 자기 소개를 하라고 했다.

"나, 김병훈이라고 한다. 공부는 관심 없고 주먹은 좀 쓴다. 한 달 수입은 데이, 나이트 다 뛰면 백칠십만 원쯤 번다. 부탁이 하나 있다면 나 건드리지 말아라. 건드리면 니들만 손해다."

병훈이가 이야기하는 동안 아이들은 내 얼굴만 힐끔힐끔 바라보았다. 병훈이의 거침없는 말에 어이없어 할 틈도 없이 내가 어떻게 반응할 것인지에 아이들은 더 신경 쓰고 있는 것 같았다. 내가 아무런 말도 하지 않았는데 어깨를 건들거리며 병훈이가 찾아간 빈 자리는 정말 어이없게도 우리 학교 최고 주먹인 천우 옆자리였다.

한천우. 별명 스라소니. 주먹은 세지만 절대 불량스러운 학생이 아님. 중학교에 입학하자마자 이웃 중학교 3학년 학생 일곱 명을 왼발 하나로 늘씬하게 패주어서 전설적인 인물이 된 아이. 공부도 잘하고 선생님이 되는 게 꿈인 해맑은 소년.

아이들의 얼굴에는 웃음기마저 돌았다. 가출한 열일곱 명을 일주일 만에 찾아온 악바리 담임 선생과 이 지역 최고의 주먹 스라소니를 몰라보고 거들먹거리는 병훈이의 앞날에 벌어질 일들은 아이들이 궁금해하기에 충분한 것이었다.

그런 긴장 상태로 일주일이 흘렀다. 아니나 다를까 병훈이가 먼저 시비를 걸어왔다.

"김병훈 다시 한 번 말해 봐!"

"아, 참 죄송하다고 했잖아요. 제가요, 이태원 나이트 정문에서 기도를 좀 보다 보니까 형님이란 말이 입에 배서 그래요. 선생님한테 형님이라고 그래서 죄송해요. 좀 잘 봐주세요."

"내게 형님이라고 하건 누님이라고 하건 그건 중요한 게 아니고 네가 조금 전에 했던 말 다시 한 번 해보라고. 학교를 그만두겠다는 말 말이야!"

"예, 그러니까요. 단도직입적으로 형님, 아니 선생님 가슴팍에다 제 생각을 날려불면 말입니다, 학교를 그만두겠다 이겁니다."

"일주일 동안 학교 다녀보니 재미가 없냐?"

"아닙니다. 아그들도 참 착하고, 선생님도 정말 제가 모시는 형님들 이상으로 고맙습니다. 제가 나이트에 가면 맨날 선생님 이야기만 합니다. 범생이 다 되었다고 사장님도 칭찬을 해주십니다."

"그런데!"

소리를 버럭 질렀다. 교무실 안의 눈동자가 모두 나를 향해 있었다. 학생이 가서는 안 될 곳에 대해 너무나 자연스럽게 이야기하고 있는 병훈이를 제지시킬 필요가 있어서 일부러 소리를 질렀던 것이다.

"제가 뭐 실수했습니까?"

병훈이의 멱살을 움켜쥐고 귓속말로 이야기했다.

"임마. 여긴 교무실이야. 네 이야기 듣다가 너만 학교를 그만두는 게 아니고 나도 잘리겠다, 임마. 학생이 나이트클럽에 가는 것을 가만 두는 담임이 어디 있어!"

병훈이는 그제야 분위기를 파악한 듯 소리를 낮췄다.

"그러니까 단도직입적으로 말해서 말입니다. 낮과 밤을 다 뛰면 돈을 많이 버는데 밤에만 돈을 버니까 제 꿈을 이룰 수 없다는 계산이 나왔습니다."

"네 꿈이 뭔데?"

"원래는 경찰이 되는 게 제 꿈이었습니다요. 제가 모시는 형님 중에서 젤로 주먹이 센 분도 경찰 앞에서는 꼼짝을 못하더라구요. 경찰이 젤로 힘이 센 사람들이잖아요. 근데 경찰은 대학을 나와야 한다고 해서, 전 돌대가리라서 대학은 갈 수 없고 그래서 불가능하다고 생각했습니다."

"그래서?"

"나이트클럽 지배인이 되기로 했습니다. 힘과 깡다구 그리고 돈만 있으면 가능하거든요. 그래서 돈을 모아야 제 꿈을 이룰 수 있다 이 말입니다. 한 달에 백칠십만 원을 벌어야 나이트를 인수할 수 있다 이 말이죠. 지금 제 나이가 열일곱이니까 십 년만 고생하면 가능할 것 같다 이 말입니다."

"네 나이가 왜 열일곱인데?"

"중학교 3학년이 열여섯인데 제가 일 년 쉬었으니까 열일곱 아닙니까?"

"네 나이가 왜 열일곱인데?"

"……?"

"네 어머니가 널 열일곱 해를 키워주신 거지. 네 나이가 열일곱인 거 어떻게 증명할 수 있지? 너 키우려고 빌딩 계단 하나하나 닦으시는 환갑 넘은, 아니 이제 칠순을 바라보는 네 어머니한테는 뭐라고 할래?"

"선생님 제가 업둥이인 거 알고 계셨어요?"

"네가 일하는 나이트클럽 사장님도 알고 있다."

"예?!"

"너 전학 오는 날 저녁에 어머니 모시고 내가 갔었다. 사장님한테 그랬어. 이 자그마한 어머니 마음에 못박는 놈으로 만들지 말아달라고!"

"그래서 사장님이 저만 보면 열심히 공부하라고 하셨구만요. 알겠습니다."

"뭘 알어?"

"나, 우리 어머니 사랑하는 놈입니다. 어머니 꽃가마는 못 태워드려도 선생님 말씀처럼 가슴에 못을 박으면 되겠습니까! 한번 졸업해 보겠습니다."

일회전은 나의 판정승이었다. 나는 슬슬 이회전을 준비하고 있었다. 병훈이를 모범 사례로 삼아 많은 사람들에게 탈선 학생 지도법을 교육하려고 병훈이에 대한 관찰 일지를 작성하고 있었다. 이제야 생각해 보니 내 마음속에는 나도 모르게 스스로 뛰어난 선생임을 내세우려는 욕심이 있었던 것 같다. 나는 병훈이를 반드시 졸업시키겠다고 이를 악물었다. 그런데 승부는 어처구니없는 곳에서 나버렸다.

전학온 지 한 달이 흐른 어느 날부터 병훈이의 출석률이 나빠졌다. 몇몇 아이의 결석도 잦아지기는 했지만 병훈이는 특히 눈에 띄게 지각과 조퇴를 반복했다. 그러던 어느 날 천우가 찾아와 뜬금없이 자기 잘못이라고 죄송하다고 고백이라도 하듯 말했다.

"사실 얼마 전에 제가 발로 차서 병훈이가 교실 끝까지 날아가버린 사건이 있었어요. 병훈이가 우리 반 아이들을 자꾸 유흥업소로 꼬셔내잖아요. 몇 번이나 사정하고 충고했지만 제가 우습게 보였는지 아무 말도 듣지 않아서 …… 그 다음부터는 제 앞에서는 꼬리를 내리고 꼼짝 못하는 눈치였는데……"

나는 천우와 병훈이의 싸움을 전혀 모르고 있었다. 다른 아이들 결석이 왜 잦아졌는지도 그제서야 알게 되었다. 이미 두 아이가 병훈이 꾐에 넘어가 밤거리에서 호객 행위를 하는 중이었다. 여름방학을 마치고 가을이 되었을 때 지각과 조퇴를 반복해 오던 병훈이는 아예 학교에 나오지 않았다.

시월 중순에 나는 병훈이가 일하는 나이트클럽에 찾아가서 병훈이와 담판을 지으려 했으나, 병훈이가 다시는 학교로 돌아올 수 없게 되었다는 씁쓸한 사실만을 확인했다. 다음날 자퇴서를 작성하고 병훈이는 학교를 떠나기로 했다.

"선생님. 다음에 제가 이 학교로 복학하게 되면 꼭 제 담임 선생님이 되어주세요. 그땐 정말 열심히 하겠습니다."

"처음부터 잘하지 이놈아!"

병훈이의 어머니가 계속 아들의 어깨를 두드리며 울었다.

"그래, 김병훈. 내년에 다시 와라. 내가 꼭 너 담임 맡으마."

"저, 선생님. 천우한테 꼭 전해 주십시오. 제가 태어나서 처음으로 싸움에서 졌는데…… 그래도 천우 정말 멋있는 놈이었다고요. 그 자식이요, 나이트클럽에 와서 뭐라는 줄 알아요. 다 덤비라고 방방 뜨더라구요. 내 친구들 다 풀어주고, 병훈이 학교 다니게 해달라고, 형들한테 거품 물고 덤비는데…… 와아 정말 무섭대요. 형들이 그러대요. 너네 담임 선생이나 그 천우라는 놈이나 다 깡패라고, 근데 참 멋있더라고. 선생님. 정말 고마웠습니다. 많이 배우고 가요. 저 꼭 내년에 복학해서 착한 학생 한번 돼보겠습니다. 그 동안 안녕히 계십시오."

교문 밖으로 나서는 병훈이를 아이들이 창가에서 내려다보고 있었다. 나는 고개를 들 수 없었다. 아름다운 것도 더러운 것도 모두 품고 언제나 그 자리에서 파도치고 있는 바다처럼 모든 것을 품어야 하는 자리가 바로 선생의 자리인데, 나는 또 하나의 보석을 학교 밖으로 내몰아버린 속 좁은 교사가 되었음을 인정하지 않을 수 없었다.

그날 병훈이가 떠난 운동장에서 나는 천우와 함께 병훈이에 대한 관찰 일지를 태우면서 정말 이 다음에 다시 한 번 병훈이 담임이 될 수 있는 기회가 주어지기를 간절히 바랐다.

3

이제 그만 너에게서 벗어나렴. …… 너 때문에 너무나
힘들었던 너 자신을 제일 먼저 꼭 감싸안아 줘.
그 상처가 회복되고 나서 다시 시작해.
당당하게, 멋있게, 따뜻하게, 겸손하게 날기 시작해.

이제야 널 안을 수 있을 것 같아

쪽방의 큰 스승

새벽 다섯시 반. 전화가 울려댔다.

"선생님. 병호 찾았어요!"

울음 섞인 병호 어머니의 목소리였다. 부리나케 옷을 챙겨 입고 연락받은 병원으로 달려갔다. 병원에는 병호 어머니와 호규 아버지, 대성이 부모님이 계셨다. 세 명의 아이들은 링거를 팔뚝에 꽂고 잠들어 있었다. 누렇게 뜬 얼굴에 오랫동안 끼니를 제대로 챙겨 먹지 못한 티가 역력했다.

아이들이 가출한 것은 삼월 초였다. 공업 고등학교에 다니고 싶은 자신들을 인문계에 진학시킨 부모들에 대한 반항의 몸짓이었던 것일까. 세 친구는 나름대로 치밀한 계획 속에 움직였던 것 같다. 중학교 3학년 겨울방학부터 조금씩 돈을 모으기 시작했다고 한다. 학원에 다닌다고 거짓말을 하고, 책을 사야 한다고 핑계를 대고, 졸업식 때 선생님 선물비를 내야 한다고 속이고, 입학식 때 교복 값을 부풀려 받아내고, 버스를 타고 와야 하는 학교를 노상 뛰어다니며 차비를 아끼고, 친구 생일잔치에 가야 한다며 떼를 써서 돈을 타내고…… 그것도 모자라 저녁에는 독서실에서 공부를 한다고 거짓말을 하고는 편의점에서 아르바이트를 했단다. 그렇게 모은 돈 백만 원으로 거사(?)를 단행했다. 최대한 버티기 위해서 세 친구는 각자의 집에서 기본적인 살림 도구를 챙긴 뒤 보증금 십오만 원에 하루에 삼천 원씩 내는 쪽방을 얻어 자신들만의 공간을 만들기 시작했다.

일상에서 일탈한 것은 세 친구들에게 신명나는 일이었을 것이다. 아무도 간섭하지 않고 뜻이 맞는 친구 셋이 모여 자신의 삶을 조각해 나가는 일이야말로 얼마나 신나는 일이었겠는가. 처음에는 정말 천국과도 같았다고 했다. 하루 종일 PC방에서 게임을 하고, 거리를 마음놓고 돌아다니고, 방에서 담배도 기절할 정도로 실컷 피워보고, 사고 싶은 옷이 있으면 셋이 똑같은 모양으로 사 입고, 자고 싶으면 자고, 노래 부르고 싶으면 부르고…… 그러나 시간이 지날수록 세 친구는 불안해지기 시작했다. 돈이 어느새 다 떨어지기 시작했던 것이다. 무척이나 많아 보였던 백만 원은 사치하기엔 너무나 적은 액수였다.

세 친구는 두 번째 단계 작전을 펼치기 시작했다. 아르바이트를 다시 하기로 마음먹었다. 하지만 학생의 신분을 벗어난 가출 상태에서 아르바이트를 구하기란 그리 쉽지 않았다. 결국 식당에서 배달하는 일을 어렵사리 구했다.

그러나 하루 열 시간을 배달하며 돈을 버는 일은 생각보다 넘어서기가 너무나 힘든 산이었다. 결국 힘에 겨워 닷새 만에 돈 한 푼 받지 못하고 세 친구는 일을 그만두었다. 방세는 매일 내야 하고, 돈은 없고, 일하기는 싫고, 부모님과 학교에 연락하는 일은 두렵고…… 결국 세 친구는 무인도와 같은 쪽방의 찬 바닥에서 불어터진 라면과 생수로 끼니를 때우다가 탈진했다. 그 상태에서 부모님들께 발견된 거였다.

"병호 어머님. 그 쪽방이 어디 있죠?"

"저쪽 둑 아래 모여 있더군요. 저도 그런 곳이 있는 줄 처음 알았어요."

나는 쪽방이 밀집되어 있는 그곳에 가서 세 친구가 있던 방 안을 살펴보았다. 완전히 쓰레기통이었다. 사람 사는 방이 아니었다. 아무리 집을 뛰쳐나온 철딱서니 없는 놈들이라도, 아이들이 이런 곳에서 생활했다고 생각하니 울컥 화가 치밀었다. 아이들의 부모님 마음을 헤아리니 더 속이 쓰렸다.

그래서 나도 모르게 고함이 터져나왔나 보다. 옷을 채 여미지 못하고 달려온 방주인 할머니는 짧은 머리에 배 나온 나를 보고 어떤 사람이라 판단했는지는 모르겠지만 내 손에 얼른 십이만 원을 쥐어주었다.

"열흘치 방세는 빼는 게 관례니 이해하슈."

"이봐요 할머니! 그 아이들 지금 병원 응급실에 있는 거 알고 있어요?"

"알아유. 병원에 내가 연락해서 보냈수. 그게 다 순서유, 순서."

"알면서 아이들이 그 지

경이 되도록 놔뒀단 말입니까! 할머니는 자식 안 길러보셨습니까!"

"나도 배 아파서 자식 낳아본 사람이유. 열서너 명 낳았지. 그 중 여섯 명은 이 가슴에 묻었구."

담배를 꺼내 물면서 주인 할머니는 한숨과 함께 말씀을 이어나갔다.

"이봐요 젊은 양반. 댁네가 어떤 사람인지는 난 잘 모르겠어요. 그 총각들 피붙이거나 아니면 착한 선상님쯤 되겠지. 근디 나도 이런 일을 하는 데 원칙이 있수. 그 총각들 심성은 무척 곱습디다. 사람 구실은 할 수 있는 젊은이들입디다. 싹수가 노란 놈들이었으면 벌써 지 부모들한테 넘겼지. 아직 지에미 젖을 더 먹어야 사람 될 놈들은 들어오자마자 엉덩이를 걷어차 버리지. 이 늙은 년이 뭐 아쉬워 붙잡고 있겠수. 그런데 사람이 될 만한 물건들은 오질나게 고생을 시켜버린다오. 아주 저 밑바닥까지 굴러가서 쓸개 물까지 다 게워내게 하지. 그래야 다시는 이런 곳에 발을 안 들인다 이 말이오. 자, 젊은 양반 보증금까지 내주었

으니 내 할일은 다 한 것 같소. 아, 그리고 총각들에게 매일 이 할망구 안마해 준 것 고마웠다고 전해 주구려."

냄새나고 더러운 쪽방 안에서 나는 우두커니 서 있었다. 과연 그 할머니와 나를 견주어볼 때 누가 더 진정한 교육자인가 생각해 보았다. 아니 교육이 무엇인가를 생각해 보았다. 쓰레기와 꽃을 분류해 놓는 일에 익숙한 나와 쓰레기 속에서 한 송이 꽃을 피워내는 할머니를……

병원으로 돌아왔다.

"이놈들 정말 나쁜 놈들입니다. 아, 글쎄 깨어나자마자 우리보다 선생님을 먼저 찾네요."

웃음을 머금고 말씀하시는 부모님들을 자세히 보니 아이들보다 더 얼굴이 누렇게 떠 있다. 세 친구는 링거를 꽂은 채로 병원 바닥에 내려와 무릎을 꿇었다.

"선생님, 죄송합니다."

호규가 울음을 참으며 말했다. 나는 아이들을 일으켜세웠다.

"잘 돌아왔다. 고생 많았지? 됐다. 너희들 그 정도 고생했으면 됐다."

나는 그때 가슴속에서 울리는 할머니의 음성을 들었다.

"문 선생님. 이제 아이들을 품는 법을 배웠구만요. 그래요, 그 놈들에게 필요한 것은 위로와 사랑입니다. 감싸주구려. 끊임없이 감싸 안아주구려. 그럼 돌아옵니다. 돌아오구말구요."

주문을 걸어봐, 꽃을 피울게

청소 대장 현태

현태는 공부를 무척 못한다. 성적만 놓고 본다면 현태는 학교에 다니는 것이 아주 괴롭기 그지없는 친구일 것이다. 그렇지만 현태는 학교 다니는 것을 전교에서 제일 즐거워하는 것 같다.

항상 얼굴에 해맑은 웃음을 베어물고 다니는 아이. 현태가 학교에 오면 잊지 않고 하는 일이 있다. 바로 학교 현관 입구와 1층 교무실 복도를 청소하는 일이다. 현태는 콧노래를 흥얼거리며 이 땅에서 가장 행복한 표정으로 청소한다. 그 모습은 마치 불후의 명작을 마지막으로 손질하고 있는 예술가처럼 보이기도 한다. 현태는 아침에 등교해서 한 번, 점심 시간에 부리나케 밥을 먹고 한 번, 그리고 집에 갈 때 한 번, 이렇게 꼬박 세 번, 매일같이 청소를 한다. 청소하는 게 학교에 오는 즐거움인 현태.

선생님들은 그런 현태의 모습이 귀여워 머리를 쓰다듬어주고 한마디씩 덕담을 하곤 했다. 물론 현태는 그때마다 쑥스러워하면서 웃을 뿐 땀을 방울방울 흘리면서도 빗자루를 손에서 놓지 않았다. 시간이 흘러 현태도 중학교 3학년 끝자락에 서게 되었다. 성적이 좋지 않은 현태는 그야말로 천신만고를 경험한 끝에 어렵사리 고등학교에 들어가게 되었다. 떠나보내고 헤어지는 데 익숙해진 선생님들 기억 속에서 현태는 아물거리며 사라지는 존재가 될 정도로 세월이 흘렀다.

어느 해 스승의 날 무렵, 불쑥 현태가 나타났다. 키가 크고 헌칠한 이십대 초반의 청년이 되어 교무실에 들어선 것이다.

"어, 청소 대장!"

선생님들은 현태라는 이름보다도 '청소 대장'으로 기억하고 있었나 보다. 모두들 반가운 마음으로 현태와 악수를 하고 안부 인사를 나눴다. 나도 현태에게 악수를 청했다. 순간, 느낌이 이상했다. 현태의 손을 보았다. 손에는 무수한 칼자국이 흉터가 되어 남아 있는 게 아닌가.

"손이 왜 이런 거냐?"

"헤헤 선생님. 저 여의도에 있는 일식집 주방에서 일하고 있어요. 요리를 배우는 데 필요한 영광의 상처라고 할 수 있죠 뭐."

"영광의 상처?"

"예. 우리 주방장님은 손가락 하나가 없는걸요. 그래도 꽤 유명한 요리사예요."

현태는 웃으면서 이야기했지만 난 마음이 아팠다. 현태는 분명히 공업 고등학교에 진학한 것으로 알고 있는데 결국은 일식 요릿집에 취업을 한 사실이 안타까웠다. 또 도마도 아닌데 칼자국 때문에 성한 데가 없는 손바닥을 바라보는 것은 정말이지 화나는 일이었다.

'왜 이 아이는 이렇게 힘겹게 살아가야 할까?'

그러고 보니 중학교 시절 현태가 청소를 계속하게 내버려둔 게 잘못이지 않았나 하는 생각이 들었다. 그것이 오히려 현태에게 고통 속에서 즐거움을 느끼는 습관을 만들어준 것 아닌가 하고 생각하게 되었다. 나도 모르게 한숨을 내쉬며 물었다.

"너 중학교 때 왜 그렇게 청소를 열심히 했니?"

"선생님들께서 칭찬해 주시는 게 좋았어요. 초등학교 때는 칭찬 한 번 받아보지 못했거든요. 그런데 청소를 하고 있으면 선생님들께서 등을 다독거려 주시고, 칭찬해 주시고, 이따금 요구르

트도 주시고, 사탕도 주시고…… 정말 좋았어요. 고등학교에 가서도 공작실에 있는 기계는 제가 다 청소했어요. 고등학교 선생님들도 저를 요즘 보기 드문 청년이라고 칭찬을 많이 해주시더라구요.

고등학교 때 제 별명이 포레스트 검프였어요. 공업 고등학교가 좀 거칠잖아요. 그런데 제가 언제나 웃고 기구와 기계들을 열심히 닦고 청소하니까 우리 학교 짱이 오더니 '니가 나보다 낫다' 그러면서 아무도 저한테 시비 걸지 못하게 방패가 되어주더라구요. 성적은 물론 안 좋았죠. 취업도 당연히 어려웠고요. 아는 분 도움으로 일식집에 취업을 했는데, 거기서도 열심히 청소했어요. 하루는 주방장님이 '넌 요리사 될 자격 있다' 그러시더니 다른 사람보다 조금 빨리 칼을 잡게 해주신 거 있죠. 요리요? 아직 잘 못해요. 그렇지만 꾸준히 할 생각이에요. 제가 만든 요리가 다른 사람들을 즐겁게 해준다는 생각을 하면 정말 기뻐요. 이 다음에 제가 선생님 꼭 초대할게요, 아셨죠?"

이 친구의 손에 있는 칼자국을 만지면서 분노했던 나는 소인배였고, 고통을 달게 받아들이며 웃음을 잃지 않는 현태는 거인이었다. 나는 현태를 보면서 아이들에게 던진 따스한 말 한마디가 아름다운 꽃을 피우고 소담스런 열매를 맺는다는 사실을 다시금 확인할 수 있었다. 현태는 내 소중한 제자였지만 동시에 내게 깊은 가르침을 준 스승이 되었다.

나는 오늘도 꿈을 꾼다. 현태가 만들어준 맛있는 음식을 먹을 날을!

정말 원하는 건 좋은 친구들이야

강산이의 어머니

강산이 어머니가 내게 화를 낸다.

왜 우리 아이가 가능성이 없다는 것처럼 말씀하세요? 강산이는 종수와 함께 유치원 때부터 공부했어요. 초등학교와 중학교도 함께 다녔고요. 일류 과외 선생님께 지도도 같이 받았어요. 강남 아이들이 다니는 학원도 함께 다녔구요. 종수랑 초등학교 6학년 때 같은 반이었는데, 그때 담임 선생님께서 그러시더라구요. 강남으로 이사 가시지 않은 것 참 잘하셨다고. 종수와 강산이가 강북의 자존심을 지켜줄 거라고요. 선생님도 아시죠? 중학교 3년 내내 강산이와 종수가 1, 2학기 번갈아 학급 회장을 했잖아요. 성적도 늘 상위권이었는데 왜 종수는 과학 고등학교에 원서를 넣을 수 있고 우리 강산이는 원서를 넣을 수 없다는 거죠?

나는 안타깝게 말한다.

강산이 성적은 좋습니다. 학급에서 사등이고 전교 사백 명 중에서 사십등 정도 하니까 좋은 성적이지요. 하지만 과학 고등학교에 합격할 정도는 아닙니다. 원서를 쓰지 말라는 뜻이 아니라 가능성이 없다는 말씀이죠. 종수요? 종수는 전교 일등이에요. 전국 대회 규모의 과학 경시 대회에서 대상을 두 번이나 수상한 경력도 있구요. 그리고 무엇보다 어머니께서 알고 계셔야 할 것은 강산이는 과학 고등학교에 가고 싶어하지 않는다는 사실입니다. 종수는 과학자가 되고 싶어서 늘 그 생각만 하는 친구고요.

어머니가 다시 말한다.

이해할 수 없군요. 물론 선생님을 원망하는 건 아녜요. 하지만 우리 나라 교육 제도는 원망스럽네요. 우리 강산이에게 기회도 주지 않고 종수보다 못난 사람으로 평가한다는 것은 정말 속상해요.

나는 짜증 섞인 목소리로 말한다.

어머니! 누가 강산이를 못났다고 평가하고 있다는 겁니까! 강산이가 종수보다 뛰어난 면이 무척 많다는 거 어머니가 더 잘 알고 계시지 않습니까! 종수는 종수 나름대로 장점이 있는 친구이

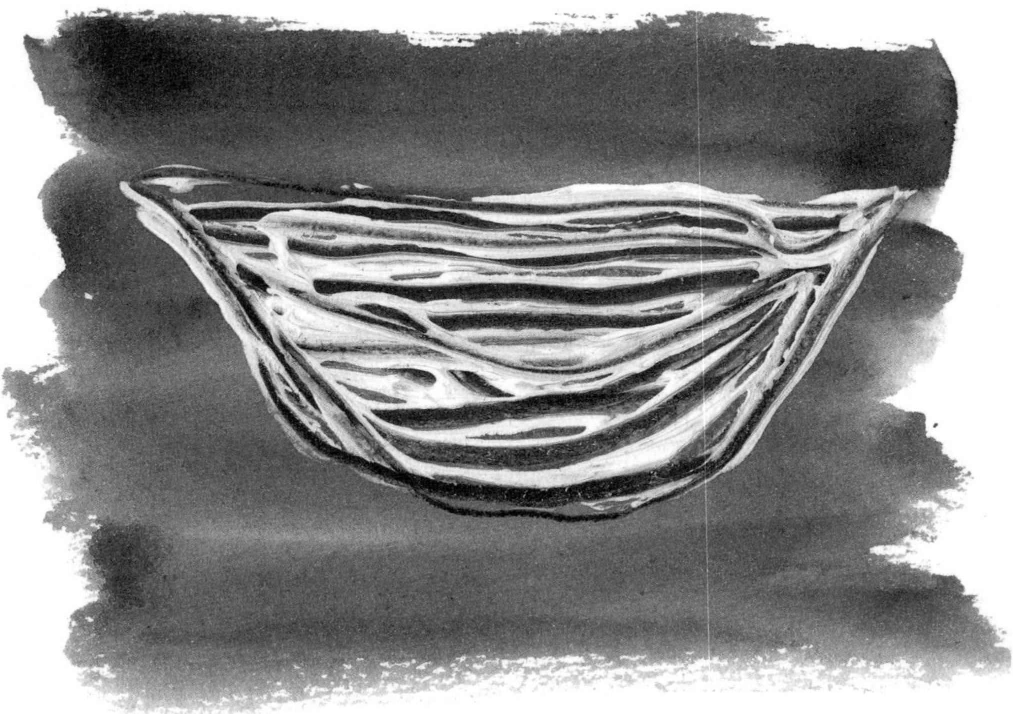

구요. 무엇보다 두 녀석은 억만금을 주고도 살 수 없는 우정을 갖고 있는 친구들 아닙니까! 종수가 그러더군요. 자기가 어려울 때 큰 힘이 되어주는 게 강산이라구요. 자기는 강산이가 없었으면 벌써 문제를 일으켰을지도 모른다구요.

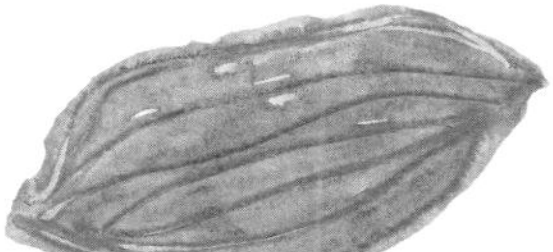

어머니는 한숨을 쉬며 말한다.

남 좋은 일만 하다가 일생을 마치는 자식을 저는 원하지 않습니다. 선생님은 잘 모르실 거예요. 이제 종수가 과학 고등학교를 졸업하고 강산이는 일반 고등학교를 졸업하면 스무 살 이후 저 아이들은 다른 세상을 걸어가게 될 거예요.

나는 혼자 생각한다. 강산이 어머니에게 과학 고등학교는 단순히 뛰어난 아이들을 길러내는 영재 학교가 아니구나. 상상할 수 없는 많은 혜택을 자식들에게 선물하는 마술 상자 같은 곳이라고 생각하는구나. 그래서 어떤 방법을 쓰더라도 그곳에 보내고 싶어 하는구나. 그런 생각을 하고 계시는구나.

강산이 어머니는 얼굴이 노래져서 교무실로 들어섰다.

아니, 왜 우리 강산이가 외국어 고등학교에 합격을 하지 못했나요? 그리고 영식이는 어떻게 합격을 했죠? 강산이는 초등학교 3학년 때부터 영식이랑 함께 외국인에게 직접 영어를 배웠어요. 이젠 무역업을 하는 제 아버지보다 회화를 더 잘합니다. 과학 고등학교 원서를 쓰지 못한 것도 억울한데 외국어 고등학교 시험에서도 떨어지다니 그 이유가 뭐죠? 선생님도 그러셨잖아요, 강산이가 영어는 잘한다고요.

나는 우울한 눈빛을 띤 채 어머니에게 말한다.

어머니, 강산이가 듣기와 면접을 엉망으로 봤습니다. 중학교 내신 성적도 다른 아이들에 비해 썩 우수한 편이 아니었고요. 제가 물어봤습니다. 내신보다 네 영어 실력이 훨씬 더 뛰어난 것으로 알고 있었는데 어떻게 된 일이냐고 했더니 강산이가 그러더군요. 자기는 평범한 인문계 고등학교를 가고 싶다구요. 외국어 고등학교에 시험을 보러온 다른 아이들을 보고 그만 맥이 탁 풀렸다고요. 자기를 제외한 다른 아이들은 모두 자신감에 꽉 차 있는 것처럼 보이더랍니다. 어머니. 강산이가 주눅이 든 이유는 그 아이들의 실력이 아니라 행복해하는 웃음과 자신감으로 가득 찬 모습이었나 봅니다. 자신이 선택한 길을 당당히 걸어가기에는 아직 강산이에게 시간이 더 필요한 것 같아요. 인생에 대한 고민을 좀 더 하고 싶었고, 벌써 '특수 목적' 이란 이름으로 불리는 고등학교에 가서 굳어진 삶을 살기 싫었나봐요.

강산이 어머니는 마지막 카드를 꺼내들었다. 공동(共同) 학군 내에 있는 명문 고등학교에 강산이를 입학시키는 방법을 선택한 것이다. 강산이 어머니는 위장 전입 대열에 합류했다. 그리고 한 단계 더 나아가 실제로 명문 고등학교가 있는 종로구로 이사를 갔다. 이젠 위장이 아니라 합법화된 것이다. 그래서 강산이는 친구 하나 없는 낯설고 무서운 공동(恐動) 학군 내에 있는 명문 고등학교에 당당히 입학하게 되었다. 어머니는 마치 복권에라도 당첨된 것처럼 즐거워했지만, 강산이는 이 문제를 어떻게 받아들이고 있을지 나는 궁금했다.

내가 염려했던 대로 고등학교 진학 이후 들려오는 강산이의 소식은 힘 빠지는 것뿐이었다. 강산이는 고등학교에 진학한 뒤로 심한 가슴앓이를 했고, 몸도 약해져서 병원에 입원하기도 했으며, 옛 동네 친구들 꿈을 꾸다가 벌떡 일어나고 가위에 눌려 꼼짝 못하는 일도 겪었다는 것이다.

다행스럽게도 얼마 지나지 않아 나는 강산이가 결국 친구들 곁으로 되돌아온다는 소식을 전해 들었다. 강산이가 전학 오던 날, 과학 고등학교에 다니는 종수, 외국어 고등학교에 다니는 영식이도 다른 친구들과 함께 교문 앞에 마중나와 있었다. 모두들 강산이의 어깨와 머리를 두드려가며 환영해 주었다. 몹시 야위어 있었지만 강산이의 얼굴에는 예전처럼 개구쟁이 골목대장의 장난기가 감돌고 있었다.

강산이 어머니는 강산이의 중학교 3학년 때의 담임인 내게 전화를 걸어왔다.

자식을 많이 낳아봐야 좋은 엄마가 될 것 같아요. 딸 하나 없이 외동아들을 키우다 보니 자꾸 내 욕심만 차렸나 봐요. 친구들과 함께 있어야 힘을 얻을 수 있는 아이의 앞날을 자꾸 가로막았던 것 같아요. 선생님, 자식을 사랑하는 일이 쉽지만은 않네요.

쉰 듯한 목소리의 강산이 어머니와 전화 통화를 끝내고 나서 나는 조용히 강산이 어머니에게 편지를 썼다.

어머니, 정말 마음고생 많이 하셨네요. 교단에 서서 아이들을 가르치고 어머니들을 만나면서 이런 생각을 하곤 합니다. 어머님들은 산이고 자식은 벽이라는 생각…… 아이들에게 어머니는 참 힘겨운 산으로 다가섭니다. 그 가파른 산을 넘기 위해 아이들은 많은 노력을 합니다. 그리고 대부분 그 산을 넘어 완전한 어른이 되지요. 그런데 그 모습을 보면서, 자식이 커가는 과정을 보면서 어머니들은 자식이라는 벽과 만나게 되는 것 같습니다. 너무 단단해서 허물어뜨릴 수 없는 벽, 그래서 무릎 꿇고 앉아 통곡밖에 할 수 없는 벽.

어머니. 지금 강산이는 수많은 산을 넘기 위해 준비하고 있고, 어머니는 벽 앞에 서 계신 것 같습니다. 강산이가 어머니라는 산을 넘은 것으로 인정해야 할 것 같기도 하구요. 외람된 판단인지는 모르겠으나 어머니에겐 이제 벽 앞에서 통곡하는 시간만 주어질지도 모릅니다. 그리고 강산이는 어머니라는 산과는 비교할 수 없는 더 큰 산들을 넘기 위해 방황을 하고 좌절할 시간을 머지 않은 미래에 만나기 시작할 것입니다. 온몸에 상처를 입고 걸음걸음을 옮기는 강산이를 어머니께서는 그저 지켜봐야만 하는 아픔을 느끼실지도 모르겠어요. 하지만 어머니, 이제 저 녀석을 세상이 함부로 하지는 못할 겁니다. 왜냐하면 마술 상자를 지니고 다니는 종수랑, 언어가 다른 사람들과 소통의 다리를 놓아줄 영식이랑, 늘 강산이를 좋아하는 친구 녀석들이 떡 버티고 서 있을 거니까요. 어머니. 오늘만큼은 편안하게 주무세요. 그래야 힘을 내서 더 크게 활동하게 될 강산이의 가장 든든한 친구가 되어줄 수 있지 않겠습니까!

아직 늦지 않았어

이제야 철든 한얼이

한얼이는 초등학교 6학년이다.

같은 반 친구 영철이네가 조그만 완구점을 하다가 사정이 생겨서 문을 닫게 되었고 집안 형편은 어려워져 생활하기가 곤란해졌다는 걸 한얼이가 알게 되었다. 한얼이는 교탁 가득 장난감을 올려놓고 영철이네 사정을 친구들에게 말했다. 그리고 아이들에게 강제로 장난감 하나씩을 사게 했다. 아이들도 영철이네 사정은 알았지만 한얼이가 억지로 손에 쥐어주는 것을 달가워하지 않았다. 영철이마저도 그런 한얼이의 행동을 좋아하지 않았다. 그러나 한얼이는 학급 회장이고 전교 어린이회 부회장이었다. 싸움도 전교에서 제일 잘하고 성격도 아주 날카롭고 고집스러웠다. 그래서 아이들은 마지못해 무진장 비싸게 주고 장난감을 샀다. 다음날 학부모들은 담임 선생에게 항의 전화를 빗발치게 했고 영철이는 마구 울기까지 했다. 그러나 한얼이는 입을 굳게 다물고 자신의 잘못을 인정하지 않았다. 한얼이의 엄마도 한얼이가 어리지만 남을 위해 그런 일을 했다는 사실을 자랑스러워했다.

한얼이는 중학교 1학년이다.

같은 반 회장 호석이는 몸이 약한 친구였다. 그러나 나이에 걸맞지 않게 생각은 깊었다. 말이 없지만 한번 내뱉은 말은 대단한 위력을 갖고 있는 친구였다. 한 표 차이로 회장에서 떨어져 부회장이 된 한얼이가 드러내놓고 호석이를 무시하며 학급 일을 처리해 나갔다. 호석이는 한얼이에게 말했다.

"이 다음에 어른이 되어도 네 그런 행동을 친구들이 감싸줄 거라고 생각하니? 자기 자리를 지키는 법을 먼저 배웠으면 좋겠다. 부회장이 해야 할 일을 다한 다음에 회장인 내 일을 건드리는 게 순서 아니겠어?"

그러나 한얼이는 계속해서 같은 행동을 했다. 한얼이가 알아듣기에는 호석이의 말이 너무나 어려웠기 때문이었다. 그렇지만 한얼이의 엄마는 부회장이면서도 회장 일까지 거드는 한얼이가 봉사심이 뛰어난 아이라 생각하며 자랑스러워했다.

한얼이는 중학교 3학년이다.

한얼이의 엄마는 마흔이 넘어서 낳은 4대 독자 한얼이를 귀하게 여겼고, 한얼이 또한 훤칠한 키에 수려한 용모, 그리고 뛰어난 재능을 보여 엄마의 기대를 저버리지 않았다. 그러나 중학교 2학년 이후 한얼이는 수업 시간이 지겨워지기 시작했다. 도무지 알 수 없는 마술을 선생님들이 부린다고 생각했다. 자신이 모르는 수학 문제가 나타났고, 국어 선생님 말씀 중에 자신이 읽지 않은 책이 등장하기 시작했다. 그러나 한얼이는 여전히 자신만만했다. 그렇지만 한편으로는 자신이 알아들을 수 없는 시간엔 잠을 자는 것이 더 낫겠다고 판단했고 조금씩 잠에 빠져들기 시작했다.

그러던 어느 날, 수업 시간에 잠을 자는 한얼이를 내가 깨우자 한얼이는 자신도 모르게 욕설을 내뱉으며 기지개를 켰다. 집에서 하던 4대 독자의 버릇을 그대로 내보인 것이다. 장소를 구별하는 지혜의 눈이 잠시 멀었던 것이다.

나는 몹시 불쾌해서 감정을 섞어 야단을 쳤다. 수업을 마치고 교무실에 들어선 나는 공교롭게도 연락 없이 학교를 방문한 한얼이 엄마를 만나게 되었다. 어머니와 나는 안부 인사를 나누고 한얼이의 진학 문제에 대해 이야기를 나누게 되었다. 어머니는 한얼이의 성적이 자꾸 떨어지고 있는 걸 걱정하고 있었다. 그때 자신의 잘못을 정중하게 사과하려고 교무실 문을 열고 들어서던 한얼이는 멈칫했다. 엄마가 심각한 얼굴로 나와 이야기를 나누는 걸 보고 방금 전 사건에 대해 말하는 것으로 성급하게 판단했던 모양이다.

한얼이는 갑자기 욕설을 내뱉으며 엄마에게 대들었다. 교무실에 있던 다른 선생님들도 모두 놀랐고, 엄마는 죄를 지은 사람처럼 얼굴만 벌겋게 되었다. 그날 나와 한얼이는 참 긴 대화를 나누었다. 밤늦도록 이야기를 나누고 나는 한얼이의 어깨를 다독거려 주었다.

"선생님은 진정한 제 스승님이에요. 제가 이 다음에 성공하면 전부 선생님 덕분이었다고 방송에 출연해서 말할게요."

한얼이는 내게 정중하게 말했다.

한얼이는 고등학교에 다녀야 할 나이다.

고등학교에 입학한 뒤 사사건건 선생님들과 충돌을 일으켰다. 학교를 세 번 옮겼다. 옮길 때마다 중학교 3학년 때 담임 선생이었던 내게 전화를 걸어 훈계하듯이 제자들에게 그렇게 대하지 말라고 했다. 내가 충고하자, 한얼이는 이미 다 알고 있으니 걱정 말라고 했다. 그러던 어느 날 검은 양복을 미끈하게 뽑아 입은 한얼이가 학교에 왔다.

"대입 검정고시를 쳐서 고등학교 졸업장을 땄어요. 올해라도 수학능력시험을 보려고요. 법대에 가서 사상 최연소 법관이 될 거예요. 제가 이 놈의 교육법을 뒤집어엎을 때까지 기다려주세요, 아셨죠?"

그러나 한얼이의 얼굴엔 그늘이 생기고 있었고 힘겨움이 얼굴에 배여 있음을 나는 눈치챘다. 그리고 부유했던 그 아이의 집안이 기울어가고 있다는 소식을 친구들을 통해 듣게 되었다.

한얼이는 이십대 중반의 청년이 되었다.

학교로 전화를 걸어왔다.

"저, 이제 막 군대에서 제대했어요. 지원 입대 했었거든요. 세상사는 게 참 힘드네요."

한얼이는 이제서야 자신이 함부로 했던 부모님과 여러 선생님들께 죄송하다고, 이제야 세상살이가 어떤 건지 알게 되었다고 고백했다.

나는 그날 한얼이에게 편지를 썼다.

이제 그만 너에게서 벗어나렴. 그 동안 네가 만난 사람들에게 미안해하는 것은 나중에 해도 늦지 않아. 우선은 너 자신에게 사과하고, 그 동안 상처받은 자신을 위로해 줘. 너 때문에 너무나 힘들었던 너 자신을 제일 먼저 꼭 감싸안아 줘. 그 상처가 회복되고 나서 다시 시작해. 당당하게, 멋있게, 따뜻하게, 겸손하게 날기 시작해. 너는 지금 이카루스(고대 그리스 신화에 등장하는 젊은이. 날개를 만들어 태양을 향해 새처럼 날아올랐으나, 날개를 접합한 촛농 부위가 태양의 열기로 녹아버리는 바람에 추락하여 죽고 말았다)처럼 모든 것을 포기한 채 죽은 것이 아니라 다시 날기 위해 낮잠 한잠 푹 자고 있는 거라고 난 생각해. 난 말야, 참마음으로 바라고 있어. 네가 다시 태양을 향해 날갯짓하기를 ……

나를 찾고 싶었어

똑바로 보고 싶은 아이들

교내 합창 대회가 얼마 남지 않았다. 다른 반은 학급당 인원이 쉰 명인데 우리 반은 교실이 좁아 인원이 서른두 명밖에 되지 않았다. 다른 반 아이들에 비해 몸집도 작았다. 넓은 강당에 울려퍼질 만큼 큰 소리를 내기에는 모든 조건이 부족했다. 아이들에게 상황을 설명하고 의견을 물어보았다. 심각한 내 표정에도 아랑곳하지 않고 중학교 1학년 조무래기들은 신이 나서 떠들어댄다.

"선생님 춤추면서 노래하면 안 되나요?"

'리틀 이주일'이라 불리는 대기가 우스꽝스런 몸짓을 하며 말했다. 다른 아이들도 대기의 몸짓이 재미있다는 듯 따라 하며 웃음 대포를 펑펑 쏴댔다. 영화 〈시스터 액터〉의 주제가 〈오 해피 데이〉를 목청껏 부르는 아이도 있었다. 한참 동안 아이들과 웃다가 즉흥적으로 벌어진 춤판 한가운데서 문득, 수화로 노래를 하면 어떨까 하는 생각이 들었다. 아이들이 함께 노래도 하고 수화도 배우는 좋은 기회가 되지 않을까? 아이들은 흔쾌히 동의했고, 우리는 곧 연습을 시작했다. 곡목은 복음 성가 〈똑바로 보고 싶어요〉로 정했다. 예쁜 여고생 한 명을 초빙해 수화를 배웠다. 가르치는 여학생이나 아이들 모두 즐겁게 연습했다. 음악 선생님도 즐거워하며 많은 도움을 주셨다. 우리는 모두 티셔츠에 '평화를 만드는 소년들'이란 글자를 거꾸로 새겨넣고, 손에는 하얀 장갑을 끼고, 진지하면서도 즐겁게 교내 합창 대회에 참가했다. 우리 반은 그해 합창 대회에서 웃음과 박수 그리고 인기상을 선물로 받았다.

벌써 칠 년이 흘렀다. 수화로 합창을 했던 아이들은 이제 이십대로 막 뛰어든 늠름한 청년들이 되었다. 나는 여전히 그 자리에서 다른 아이들과 하루하루를 엮어나가는 중이었다. 그러던 어느 날, 어색한 몸짓으로 청년 하나가 교무실에 들어섰다. 칠 년 전 우리 반 부반장이었던 성호였다. 한눈에 보기에도 평범하지 않은 복장이었다. 성호의 중학교 삼 년 생활은 그야말로 파란만장했다. 결국 졸업식 날 경찰서에 구속되는 아픔을 겪었던 친구다.

"선생님. 재작년에 소년원에서 나왔어요. 선생님께 연락드리려고 했는데 부끄러워서요. 선생님. 저 지금 삐끼 하고 있어요. 일본 사람들 대상으로 하는데…… 선생님 저 나쁜 놈이죠. 국제적으로 나라 망신시키는 일을 하다니. 부모님이 없는 저를 친자식처럼 보살펴주셨던 중학교 1학년 때가 저한테는 제일 행복했던 것 같아요. 친구들도 좋았구요. 가끔 그때 수화로 불렀던 노래가 생각나요. 제목이 아마 〈똑바로 보고 싶어요〉였죠? 그런데요, 선생님. 저 정말 똑바로 보고 싶거든요. 세상에서 똑바로 살고 싶거든요. 선생님께서 그때 그러셨잖아요. 그 노래를 지은 사람이 몸이 불편한 장애인이라고. 그런데 저는 팔다리 다 성한데 왜 똑바로 서지 못하는 거죠? 선생님 정말 답답해요…… 죄송해요. 졸업도 못할 뻔한 저를 중학교라도 마칠 수 있게 해주셨는데 또 투정만 부리고 가네요."

계속 눈물을 훔치며 이야기하던 성호는 고개를 숙인 채 교문을 나섰다. 나는 덕담 한마디 제대로 해주지 못한 채 제자를 그냥 보냈다.

그날 저녁, 메일이 한 통 왔다. 정말 우연히 성호와 같은 반이었던 상태가 보내온 사연이었다. 상태는 그림을 잘 그리는 친구였다. 상태의 그림을 보고 있으면 마음마저 깨끗해지는 기분이 들곤 했다. 그래서 우리 반 모두는 상태가 아름다운 그림을 그리는 화가가 되리라 생각했다. 상태의 꿈도 화가였는데, 그 꿈은 이루었을까. 메일을 읽는 속도가 나도 모르게 빨라졌다.

"선생님. 여기는 미국입니다. 비가 사흘째 계속 내립니다. 저 여기 음악 공부하러 왔습니다. 흑인 음악을 공부하고 싶어서 무작정 왔습니다. 흑인들의 슬픈 음률이 저를 이리로 이끌었다는 것이 정확한 표현일 것 같습니다. 제가 그림을 안 그리고 음악을 하겠다면서 입학했던 대학마저 포기하고 미국으로 가겠다고 부모님께 말씀드린 날, 태어나서 처음으로 아버지께 맞았습니다. 많이 맞았습니다. 어머니는 일주일 동안 머리를 싸매고 드러누우셨고요. 선생님께서 종업식 날 스무 살이 넘으면 해야 할 것과 하고 싶은 것 중에 하고 싶은 것을 먼저 선택해 보는 것이 좋고, 잘하는 것과 좋아하는 것 중에 좋아하는 것을 선택하는 것이 아름답다고 해 주신 말씀이 기억납니다.

제가 그림을 잘 그렸는지는 모르지만 그림을 그리다 보면 늘 허전했어요. 그런데 고등학교 2학년 가을부터 흑인 음악을 들으면 가슴 가득 고여 오는 슬픔을 주체할 수 없었고, 좀더 깊게 그 속으로 빠져들고 싶었어요. 흑인 음악과 한평생 친구를 하고 싶었습니다. 그래서 결국 부모님의 뜻을 저버리고 공항에서 미국행 비행기를 탔죠. 한국 공항에서도, 미국 공항에서도 내 옆에는 아무도 없었습니다. 아니 흔들리는 저만 있더군요. 그때 갑자기 떠오른 노래가 중학교 1학년 때 부른 합창이었습니다. 〈똑바로 보고 싶어요〉 라는 노래…… 우리들이 한껏 예쁘게 웃으면서 수화로 노래를 부르면 선생님께서는 자못 심각한 모습으로 바라보곤 하셨죠. 선생님. 제가 선택한 이 길이 정말 똑바로 선택한 길인지 의심스럽기도 합니다. 부모님마저 실망시키고 찾아온 이 땅에서 제가 과연 똑바로 길을 걸어갈 수 있을지 모르겠어요."

한동안 멍한 상태로 모니터를 바라보았다. 성호와 상태. 열정으로 가득 찬, 그 뜨거운 열기로 온몸에 화상을 입고 불너울 속에서 마구마구 흔들리는, 이십대에 발을 막 들여놓은 그들의 아픔을 보면서 바로 어제 같은 내 이십대가 떠오르기도 했다. 그러나 그 친구들의 아픔에 내가 동참할 수도, 그 친구들에게 알라딘의 마술 램프에서 나오는 거인을 보내줄 수도 없었다. 내가 할 수 있는 것은 오로지 기도뿐이었다. 청춘이 시들 때까지 가슴앓이를 하더라도 젊은 날의 비틀거림을 피해 가지 않는 용기를 그들에게 선물해 달라고, 그 비틀거림 속에서 자신의 존재가 얼마나 소중한지를 발견하고, 그 비틀거림마저 사랑할 수 있는 지혜를 보내주시라고.

너무 가까이 하지도 너무 멀리 하지도 마

관계에 대하여

교사와 학생은 '불가근 불가원'(不可近 不可遠, 너무 가까이 하지도 말고, 너무 멀리도 하지 말라)의 관계를 유지해야 한다고 흔히들 말한다. 교사가 학생을 지나치게 가깝게 대하면 교육의 본질에서 벗어날 수 있는 결과를 가져올 수 있다고 한다. 다시 말하면 스승에 대한 경외심이 없어져서 함부로 행동하게 되고 심지어 교사를 무시하게 되며, 결국 학생은 성적이 떨어지고, 그 책임을 교사에게 돌리게 된다는 것이다.

그 말이 사실인지 아닌지 확인하고 싶어서 나는 병아리 교사 시절에 실험을 해보았다.(지금 생각하면 학생들을 실험 대상으로 한 것은 큰 실수였던 것 같다) 중학교 1학년 두 개 반에서 한문을 가르칠 때였다. 강남에 있는 중학교여서 초등학교 6학년 겨울방학 때 이미 한문의 기본을 공부한 친구들이 대부분이었고, 한자 실력이 아주 뛰어난 친구도 제법 있었다. 처음 반에 들어가서는 이렇게 말했다.

"애들아, 너희들 지난 겨울 동안 서당을 다녀서 중학교 1학년 때 배울 한자를 이미 많이 알고 있는 것으로 안다. 선생님은 한문을 가르치지만 실력이 아주 뛰어나지는 못하단다. 그러니 우리 서로 배우는 마음으로 공부하도록 하자. 선생님도 열심히 노력해서 너희를 가르칠 테니까 너희도 배운 걸 복습하는 마음으로 즐겁게 공부하길 바란다."

다음 반에 들어가서는 우선 표정부터 근엄하게 지었다. 그리고 종이를 한 장씩 나누어주었다.

1. 자신의 이름을 한자로 쓰시오.

2. 부모님의 성함을 한자로 쓰시오.

3. 친할아버지, 할머니의 성함을 한자로 쓰시오.(돌아가신 분이라도 쓰시오)

4. 외할아버지, 할머니의 성함을 한자로 쓰시오.(돌아가신 분이라도 쓰시오)

2번까지 신나게 써내려 가던 아이들은 3번에서 주춤거렸고, 4번은 포기한 아이들이 많았다. 종이를 거뒀다. 그 중에 가장 필체가 좋고 외할머니 성함까지 한자로 정확하게 쓴 종이를 꺼내 들었다.

"이거 누가 썼지?"

듬직하게 생긴 친구가 조용히 손을 들었다.

"너! 글씨를 이 정도밖에 못 쓰나?"

그 친구는 얼굴이 벌겋게 달아올랐고, 다른 아이들도 덩달아 고개를 들지 못했다. 나는 더욱더 근엄한 표정을 지으며 말했다.

"지난 겨울 동안 서당도 다니고 나름대로 한문 공부를 했다고 해서 기대가 컸는데 실망이다. 이번 일 년 동안 열심히 공부해서 내년에는 이런 망신을 당하지 않도록 해라. 나만 믿고 따라 오면 너희들 한문 실력은 최고가 될 거다. 알겠나!"

"예!"

아이들은 힘차게 대답을 했다. 그렇게 일 년이 지났다. 처음 들어간 반과는 아주 즐겁게 지냈다. 즐거움만큼 힘겨움도 컸다. 버릇없는 것은 물론 기본적인 준비물조차 가지고 오지 않은 아이들이 많았다. 두 번째 들어간 반에서는 늘 진지하게 수업을 했다.

기본적인 설명만 하고 대부분의 수업은 자율적으로 아이들이 진행하도록 했다. 처음에 잘 쓴 답안지(?) 덕분에 야단을 맞은 친구가 조교 노릇을 톡톡히 해주었다. 옛날 서당에서는 접장이 있었다고 하면서 그 친구에게 많은 부분을 감당하게 했던 것이다.

일 년이 지난 뒤에 보니 한문 성적은 첫 번째 반은 전교 꼴찌를 했고, 두 번째 반은 전교 일등을 했다. 평균 점수 차이도 많이 났다. 사실 내가 에너지를 더 쏟아부은 것은 첫째 반이었고, 두 번째 반은 분위기만 조성했을 뿐이었다. 그런데 지금까지 나와 연락을 계속하는 친구들은 두 개 반 모두에 골고루 흩어져 있다. 그것이 나를 혼란스럽게 만든다. 아이들과 가깝게 지내는 것, 그리고 일정한 거리를 두고 권위를 내세우며 그 자리에서 아이들이 스스로 커나갈 수 있도록 냉정하게 바라보는 것, 그 둘 가운데 과연 어느 쪽이 옳은 것일까?

교사와 학부모는 '불가근 불가원' 해야 한다고 한다.

학년초에 학부모 회의를 할 때 나는 내 연락처를 학부모님들께

자세히 적어드린다. 회의에 참석하지 못한 부모님께는 편지나 이메일로 보내드린다. 그리고 이런 말을 덧붙인다.

"세상에 자식보다 소중한 것이 무엇이 있겠습니까! 체면 같은 거 다 버리시고 밤 열두시라도 상관없으니 필요하실 때는 연락주십시오. 담임이 할 수 있는 일은 모두 다 하겠습니다. 제가 월급을 받는 이유가 그런 거 아니겠습니까!"

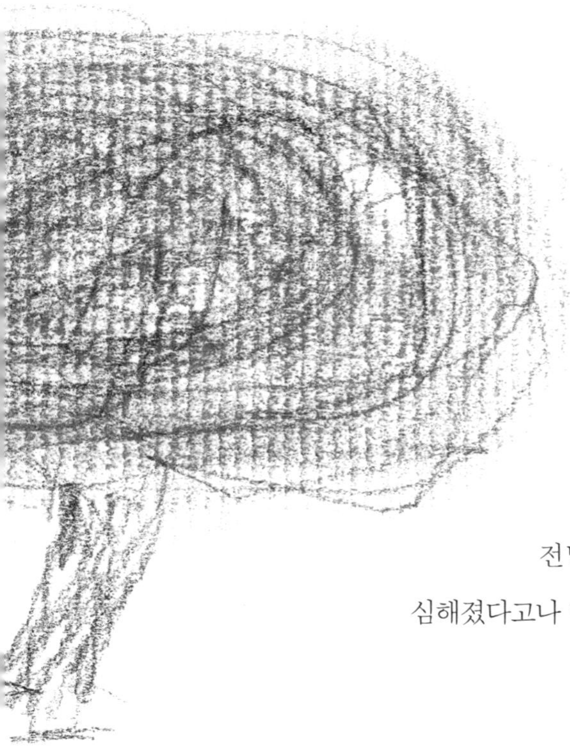

멋들어지게 말을 하고 굉장히 희생적인 스승이 되는 것처럼 어깨가 으쓱해져서 회의를 마친다. 물론 가식적인 말은 아니다. 내 진심이다. 그러는 것이 당연하다고 생각하고 있다. 다만 말을 전달하는 과정에서 윤색이 심해졌다고나 할까?

한밤중에 전화가 온다. 꼭 전화해야 할 사항도 있지만 술에 취한 아버지, 아이가 공부를 못한다고 하소연하면서 한 시간 이상 전화기를 붙들고 있는 어머니, 부당한 체벌을 당한 것 같다고 당장 내일 학교에 달려가겠다고 소리지르는 어머니(사실 그 아이는 오토바이를 타다가 다친 것이었다), 계속 반말로 이야기를 하는 어머니의 앳된 목소리, 가출해서 학교에 오지 않는 아이에게 장학금을 줄 수 없느냐며 사정하는 아버지, 왜 우리 아들을 자퇴시키려고 하느냐며 당신은 선생이면서 아이를 거리를 내쫓으려 하느냐며 따지는 쇳소리 나는 아버지(사실 그 아버지는 이혼 상태였고, 아이는 어머니와 생활하고 있었다. 그리고 그 아이는 결석을 너무 많이 해서 상급 학년에 진급할 수 없는 상황이었다), 다른 학교로 꼭 전학시켜 달라는 말을 한 시간 이상 돌려서 말하는 할머니(할머니는 발음이 아주 부정확했는데 나중에 만나보니 치아가 하나도 없으셨다) 등 만나서 상의해야 할 내용이 더 많았다.

학교에 와서 다른 선생님들과 이야기를 하다 보면 유독 내게 그런 전화가 많이 오는 것을 알게 된다. 그런 다음부터 전화를 받는 내 목소리는 굳어지기 시작한다. 지극히 사무적이 된다. 휴대전화도 집에 도착하면 꺼버린다. 그리고 스스로에게 말한다.

"내가 모든 것을 한꺼번에 다 해결해 줄 수는 없어. 교사는 성직자가 아니야. 선생은 직업이야. 그리고 나도 사생활이 필요해. 한밤중에 잠드는 것도 내 삶에 지극히 필요하다구. 학생 가정의 문제는 학생의 가정에서 해결해야 해."

점점 학부모들의 전화를 멀리하게 된다. 시간이 지날수록 전화도 점점 줄어든다. 그런데 마음 한구석이 불편해지기 시작한다. 이번에는 갈등이 생겨난다. 부모님과 아이에 대해 고민하는 게 과연 불필요한 일일까?

그런 과정을 나는 매년 반복하고 있는 것이다.

교사와 교사의 관계도 '불가근 불가원' 해야 한다.

내가 근무하는 학교는 사립 학교다. 공립 학교에 비해 전근을 가는 선생님이 적다. 정년 퇴임하는 그날까지 동고동락하는 분도 꽤 있다. 그래서 가족들까지 잘 알고 마치 형제처럼 지내는 경우가 많다. 그러다 보니 개인적인 삶의 모습이 지나치게 투명해질 때가 있고, 때로는 냉정해져야 할 때 어려움을 겪는 경우가 생긴다. 가까울수록 예의를 지켜야 하는데 상대방을 배려하지 않고 함부로 말해서 상처를 입힐 때도 있다. 친근감 때문에 서로에게 반말하는 걸 가끔 학생들이 보고 놀릴 때도 있다. 일반적으로 말하는 '공과 사의 관계' 가 불분명해지거나 '가족 같은 관계' 가 불편함을 가져다주기도 하는 것이다. 그래서 교사들은 '불가근 불가원' 해야 한다고 말한다. 지킬 것은 지켜야 한다고.

학교에서 만나는 만남의 모양들이 대부분 '불가근 불가원' 의 지혜를 발휘해야 한다고 한다. 나는 중심을 잘 잡고 외줄을 타는 광대가 되어버린 기분이다. 떨어지면 죽을지도 모르는 판 위에서 가면을 쓰고 부채로 중심을 잡는 외줄 타기 놀음. 그래서 '불가근 불가원' 은 내가 풀지 못할 숙제이고, 때문에 늘 헤아릴 수 없는 슬픔으로 다가온다.

하루 종일 나를 바라보았어

'울보 경보'의 어느 하루

아침 여섯시.

아내가 깨운다. 힘겹게 일어난다. 휴대 전화를 연다. 아이들이 밤새 보내온 갖가지 사연의 문자 메시지가 주르륵 뜬다. 입가에 웃음을 베물고 세수를 시작한다. 세면대가 빨갛게 물든다. 또 코피가 흐른다. 밥상을 차리는 아내가 볼까 연신 코를 막다가 들키고 만다. 처연한 눈빛으로 아내가 바라본다. 식사를 한다. 아직 잠들어 있는 어린 두 딸의 뺨에 뽀뽀를 하고 집을 나선다.

아침 여섯시 삼십분.

버스를 타고 학교에서 두 정거장 더 지나간다. 지각 대장 남용이네 집 앞에 선다. 대문을 발로 차며 바락바락 소리지르면 남용이가 헝클어진 머리를 하고 가방을 들고 나온다. 이 녀석과 함께 등교를 하는 것도 올해가 마지막이다. 고등학교 1학년 여름방학 이후부터 입시가 얼마 남지 않은 오늘까지 참 지겹게 이 녀석을 깨워서 함께 학교에 갔다. 새벽 두 시 삼십 분부터 다섯 시까지 신문을 돌리고 난 뒤 집에 돌아오면 아침에 일어날 수 없다는 녀석의 사연을 듣고 시작한 이 일도 벌써 막바지를 향하게 되었다.

아침 일곱시 십분.

교문을 통과한다.

0교시.

3학년 언어 영역 특강 시간. 아이들은 저마다 새벽바람을 등에 업고 교실에 들어선다. 현대 문명의 문제점에 대해 쓴 글 한 편과 심청전의 이별 장면을 본문으로 해서 문제를 푼다. 졸음을 채 쫓아내지 못한 열아홉 청춘들이 가엾기까지 하다. 내가 해줄 수 있는 서비스는 흥미 있게 수업하는 것뿐. 얼굴 근육이라도 좀 펴져서 굳어버린 몸 속에 신선한 공기가 잘 공급되길 바라면서, 아이들과 함께 웃어가며 수업을 한다.

조회 시간.

열다섯 가지 전달 사항을 오 분도 안 걸려 전달한다. 십 년 이상 담임 선생을 하다 보니 수십 가지 전달 사항도 오 분 이내에 전할 수 있는 요령이 생긴다. 십 년 동안 학교 생활을 한 아이들은 과연 수많은 전달 사항을 한꺼번에 받아들이는 요령을 터득하고 있을까?

1교시.

1학년 7반 수업 시간. 이청준이 쓴 소설 〈선학동 나그네〉를 공부한다. 어설픈 판소리 흉내도 내가며 우리 민족 고유의 정서인 '한'에 대해 애절하게 설명한다. 그러나 '한'이란 것이 어찌 말로 설명되며 '한'을 풀어내는 것을 어찌 논리로 이해시킬 수 있단 말인가! 그저 들어주고 있는 아이들 앞에서 나는 고마움과 절망과 부족함을 한꺼번에 느낀다. 그리곤 언제 그랬냐 싶게 유형 분석을 하면서 다가올 기말 고사와 수학능력시험 언어 영역에 도움이 되도록 작품을 난도질하는 나를 발견한다. 그제서야 갑자기 수업에 집중하고 눈이 초롱초롱해지고 부지런히 필기하고 여러 가지를 질문하는 아이들을 보면서 나는 다시 한 번 씁쓸한 자부심과 절망과 부족함을 느낀다.

2교시.

1학년 10반 수업 시간. 이 반의 별명은 시체 안치소이다. 아이들은 도무지 생동감이 없다. 여러 아이들이 계속 잠만 잔다. 뭐가 되겠다는 꿈도 없단다. 꿈 없는 날들의 긴 잠이란 얼마나 서글픈가. 아이들은 얘기를 털어놓는다. 공부만 죽도록 시키는 인문계는 오기 싫고 실업계를 가고 싶었다고. 밤새도록 열 시간 이상 컴퓨터 게임을 한다고, 그래서 밤에 컴퓨터 게임을 하려면 낮에는 꼭 자두어야 한다고.

마음을 열어놓고 아이들의 이야기에 귀기울이던 나는 점점 내가 감당하기 어려운 괴물로 커가고 있는 아이들을 보면서 무서움을 느낀다. 그래서 나는 이 반에서 수업을 할 때는 짧은 옛날 이야기를 들려준다. 조심스럽게 바람 빠진 튜브에 꿈이라는 새로운 공기를 불어넣어 준다. 잃어버린 꿈을 한 자락이라도 건어올리기 위해 아이들은 내 이야기에 귀를 기울이며 책상에 널브러진 자신들의 몸을 일으켜세운다. 그러나 수업이 끝나고 교실을 나서면 아이들은 다시 책상 위로 쓰러진다. 자꾸만 무릎이 꺾이고 깊은 잠속에 빠져들고 싶은 나를 본다.

3교시.

수업이 없다. 컴퓨터를 켜고 메일을 확인한다. 반가운 친구들의 이야기가 들어와 있다. 그 중에는 가슴 아픈 내용도 더러 있다. 졸업 후 방황하는 아이들의 이야기. 답장을 한다. 아! 그러나 이 얼마나 허황한 작업인가! 난 지금 그 친구들이 처한 현실을 잘 모르면서 이런 저런 충고를 주저리주저리 적어 보낸다. 옆자리에 앉은 김 선생님은 독서 실적 보고서를 만들어내기에 여념이 없다. 나도 출석부 월말 통계를 내고, 캐나다로 이민 가는 영식이 서류를 정리하고, 교내 신문 기안을 작성하고, 수행 평가 점수표를 채워넣고, 특기 적성 교육 학습 자료를 만든다.

4교시.

내가 담임을 하고 있는 1학년 9반 수업이다. 담임 반은 늘 그렇듯이 진도가 다른 반보다 더디다. 미처 처리하지 못한 학급 업

무를 처리하고, 아무래도 내 자식들이라 애정이 더 가는 만큼 잔소리도 많아지게 마련이다. 교실 문 앞에 서서 심호흡을 한다. '이번 시간은 철저하게 수업만 해야지' 결심하고 교실로 들어선다. 그러나 비뚤어진 액자, 교실 바닥에 널려 있는 쓰레기, 헝클어진 커튼이 눈에 먼저 들어온다. 그리고 아파서 쓰러져 있는 윤한이, 오늘따라 우울한 대식이, 운동장에서 놀다가 늦게 들어온 기웅이, 갑자기 질문 공세를 퍼붓는 태영이가 내 마음속으로 달려들어 처음 결심을 흔들어놓는다.

점심 시간.

아이들은 급식을 먹는다. 모처럼 즐거운 표정을 짓고 환하게 웃는다. 급식의 위생 상태를 확인하고 배식하는 아이들을 다독거린다. 행여 점심을 먹지 않는 아이들은 없는지 확인하고, 수저는 제대로 가지고 왔는지 점검하고 교사 식당으로 발을 돌린다. 교사 식당에서 밥을 먹는데 갑자기 휴대 전화가 울린다. 교무실에 대식이 엄마가 왔단다. 휴대 전화에서 고함을 치는 대식이 어머니 소리가 고스란히 들린다. 밥을 먹다 말고 달려간다. 대식이가 체육 선생님께 심하게 맞은 것을 항의하러 오신 것이다.

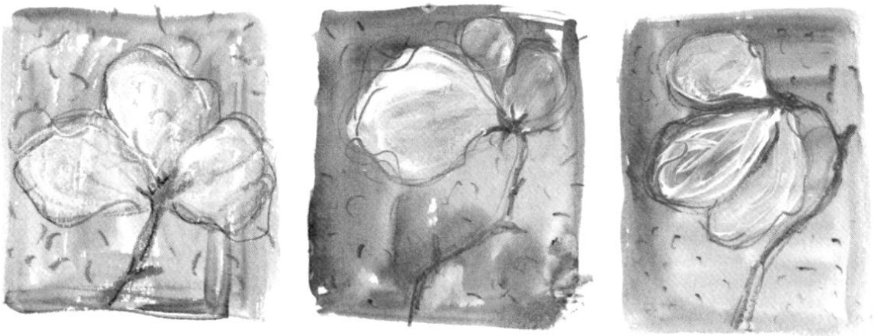

어머니를 겨우 진정시키고 커피를 한 잔 타드린 뒤 차근차근 대화를 하고 있자니 교무실로 대식이가 들어선다. 모전자전인가? 대뜸 어머니를 향해서 대식이가 고래고래 소리를 지른다. 왜 학교에 와서 난리냐고! 일 년에 한 번은 꼭 이렇게 해야겠느냐고! 내가 잘못해서 맞았는데 엄마가 큰소리를 치면 어떻게 하느냐고 울부짖는다. 어머니가 놀라서 쏟아버린 커피가 내 바지 밑단을 흠뻑 적신다. 체육 선생님이 대식이를 체육실로 데려간다. 이십 분 뒤 대식이가 체육 선생님과 손을 잡고 교무실에 들어선다. 체육 선생님, 나, 대식이, 대식이 어머니가 모두 마음을 나누며 일을 매듭 짓는다.

5교시.

수업이 없다. 수업 준비를 하려고 책을 펴든다. 교무실 문이 삐

걱 열리더니 내 앞에 세 놈이 와서 고개를 숙인다. 점심 시간에 운동장 한 귀퉁이에서 담배를 피우다 걸렸단다. 그래서 내일부터 금연 지도를 받아야 한단다. 학생부장 선생님이 담임 선생님에게 말씀드리고 오라고 해서 왔단다. 힘이 쭉 빠진다. 바로 어제 나와 상담을 해서 다시는 담배를 피우지 않겠다고 결심을 했던 세 아이가 아닌가. 가슴에서 무엇인가 울컥 치밀어오른다. 그래도 참는다. 하루아침에 아이들이 변하리라는 것은 처음부터 기대하지 않았기 때문이다.

이번이 두 번째 적발된 것이기 때문에 부모님께 연락해야 한다. 세 명 중 한 아이의 부모님이 내게 화를 낸다. 왜 학교에서 아이들 단속 하나 제대로 하지 못하느냐고! 학교에서 애가 담배를 피우도록 방치하는 선생들이 선생이냐고! 어쩔 수 없이 나는 입을 연다. 그 동안 아이의 잘못에 대해서 있는 그대로 하나도 빼놓지 않고 말한다. 그리고 아마도 댁의 자제 분은 학교 부적응아인 것 같다고, 아니 최소한 우리 학교에서는 잘 적응하지 못하는 것 같으니 다른 학교로 전학을 보내시는 것이 좋겠다고 말한다. 덧붙여서 이렇게 자질이 부족한 선생들에게 그렇게 귀한 아드님을 맡기면 불안하지 않으시겠느냐고 괜스레 몽니를 부려본다. 십 분

이상 통화를 하고 난 뒤 서로 협력해서 아이를 좋은 사람 만들어 보자고 입을 모으며 씁쓸한 웃음과 함께 전화를 끊는다.

6교시.

1학년 8반 수업. 가장 호흡이 잘 맞고 문학에 관심이 있는 아이들이 많은 반이다. 나는 펄펄 날고 아이들은 훨훨 날갯짓하며 국어 수업을 진행한다. 그러다가 문득 교사의 능력이 무엇인지 궁금해진다. 아이들의 능력과 관심에 따라 내가 달라지는 것을 보면서 결국 수업의 주인은 저들이 아닌가 생각하며 시샘의 눈길로 아이들을 바라본다.

종례 시간.

아이들은 이젠 더 이상 이 시간을 좋아하지 않는다. 종례는 마감 시간이 아니다. 하나의 매듭일 뿐이며 새로운 저녁의 시작일 뿐이다. 그것은 선생인 내게도 마찬가지다.

7교시 또는 특기 적성 교육 시간.

대학 입시 중 심층 구술 면접에 대비한 가장 기초 단계인 상식을 기르기 위해 만든 퀴즈 반 수업을 시작한다. 각 반에서 모여든 일흔 명의 아이들과 다양한 방법으로 퀴즈를 푼다. 웃고 떠들고 내용을 익히고 문제를 풀다 보면 오십 분이 금방 간다. 나는 그 오십 분을 위해 지난 일요일 오후 전부를 투자했다.

야간 자율 학습.

학부모들의 건의에 의해 실시되는 야간 자율 학습 감독을 한다. 아이들은 저마다 꿈을 위해 시간을 투자하고, 형광등 불빛 아래서 파리한 얼굴로 살아보지 않은 미래를 위해 과감하게 현재를 배팅한다.

밤 열시.

집으로 돌아가는 버스를 탄다. 나는 오늘도 수업 준비를 못했고, 명색이 국어 선생인데 소설 한 편 시 한 줄 감상하지 못했고, 내 몸을 위해 운동 한 시간 못했다. 현관문을 열고 들어서면 아내는 〈질마재 신화〉에 등장하는 신부처럼 다소곳한 모습으로 나를 맞이한다. 두 딸은 이미 잠에 빠져 있다.

밤 열한시.

수업 준비를 위해 책을 펴든다. 전화가 왔다. 낮에 수업을 하다 과로로 쓰러진 인근 학교의 이 선생님이 끝내 숨을 거두었단다. 이 선생님은 나보다 세 살 많은 서른아홉의, 정말 헌신적인 선생님이셨다. 아내는 나를 보며 아무 말도 하지 않는다. 내가 그 누구보다 이 선생님을 존경했고 그렇게 교사 생활을 하면 원이 없겠다고 했던 말을 되새김질하고 있는 듯, 아내의 눈에는 벌써 눈물이 맺혔다.

그래도 너를 사랑하겠어

어느 메시아 콤플렉스 환자에게

담임을 맡은 우리 반의 시험 성적이 다른 반보다 떨어져 화가 치밀었다.(전체 학년에서 꼴찌라도 하면 나는 매우 흥분한다) 일등을 한 학급의 선생님을 부러워했다. 부러워하다 못해 시기하고 질투하고 심지어 의심까지 했다. 분명 그 담임 선생님께서 성의를 가지고 학급을 운영한 결과라는 것을 알면서도 유별난 방법으로 아이들을 지도했을 거라는 생각 때문이었다 우리 반 성적이 떨어진 이유를 학급을 구성하고 있는 아이들 탓으로 돌리기도 했다. 일등 반이나 성적이 나쁜 반이나 모두 말썽꾸러기가 있는데도 우리 반에만 천하에 둘도 없는 문제아가 있어서 학급 평균을 깎아먹는다고 떠벌렸다. 담임의 잘못은 조금도 없다고 애써 돌려가며 말했다. 그러고는 학급 성적을 갖고 너무 예민하게 반응하지 말자며 선생님들께 주장하곤 했다.

그리고 남몰래 어설픈 몸짓을 시작했다. 반 아이들 한 명씩 불러다 면담을 해보거나 일등 반 선생님이 실시했다는 유별난 방법을 따라 해보았다. 야단을 치고, 학습 계획표를 짜고, 쪽지 시험을 보고, 부모님과 협조 체제를 유지하고, 저녁 늦게까지 남아서 공부를 시키고, 아침 일찍 학교에 오게 했다. 강제로 시켰다. 그런 뒤 성적이 오를 것을 생각하며 한껏 기대에 부풀어오르고는 했다. 그러나 학급 성적은 여전히 제자리였다.

그러면 나는 광분했다. 성적이 떨어져서 제일로 속상한 아이들의 상처난 마음에 '에잇, 맛 좀 봐라' 하는 심정으로 마구마구 짠 소금을 뿌려서 더 쓰라리게 만들었다. 자존심이 상한 담임 선생의 입장만 아이들에게 이야기했다. 아이들을 위해 희생했다고 생각하는 내 행동에 대해서만 입에 거품을 물고 말했다. 하늘이 무너진 것처럼 절망의 포즈를 취하고 너희들은 희망도 가능성도 없다고 아이들에게 쏘아댔다. 아이들은 정말 희망을 잃어버리고 가능성이 없는 존재처럼 고개를 숙이고 자신의 발 밑에서 꺼져가는 땅만 바라보고 있었다. 난 실패한 메시아가 된 것 같아 슬픔에 젖은 채 하루 종일 음식도 넘기지 못했다.

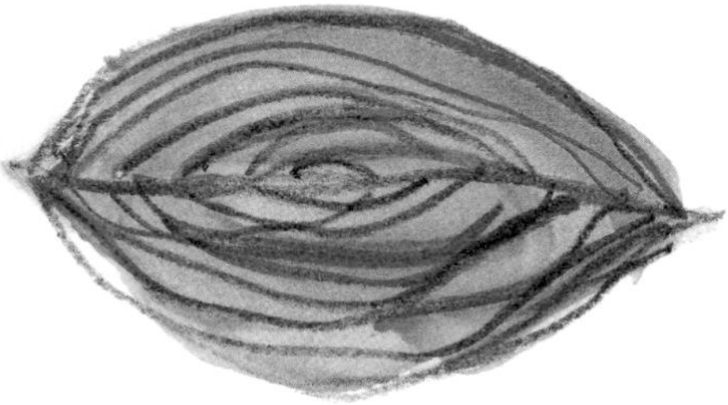

우리 반 아이 어머님께서 돌아가셨다. 반 아이들을 모두 이끌고 문상을 갔다. 조그만 액수라도 부의금을 모두 내게 했다. 문상을 하고 나오면서 장례식장 한쪽에 아이들을 모아놓고 이야기했다. 상을 당한 아이가 학교에 나오지 못하는 동안 숙제 같은 걸 챙겨주라며 한 친구를 내 멋대로 지목했다. 그리고 부모님이 돌아가시고 우울증에 빠질 확률이 높으니 순서를 정해서 저녁에 그 아이의 집에 놀러가서 시간을 함께 보내주라고 명령까지 내렸다. 진지하게 이야기를 듣는 아이들의 모습을 보면서 흐뭇했다. 선량하고 예의바른 학생들이 예뻐서가 아니라 사람 사는 도리를 잘 가르치고 있는 나 스스로에게 만족감을 느꼈기 때문인지도 몰랐다.

그런데 회장이 목소리를 낮추어 말했다.

"선생님께서 말씀하시기 전에 저희들이 이미 의논했는데요. 선생님께서 지적하신 아이들과 저희들끼리 결정한 아이들이 서로 다릅니다. 통일을 시킬 필요가 있을 것 같아요."

순간 무안해졌다. 아이들을 아무것도 모르는 바보라고 생각하고 반드시 교육시켜서 사람의 도리를 지키게 해야 한다는 사명감에 불탔던 내가 부끄러워지는 순간이었다.

날마다 문제를 일으키는 친구가 있다. 달래기도 하고 야단도 쳐보았지만 전혀 변화가 없었다. 학급 예배 시간에 반 아이들 앞에서 가출해서 사흘째 결석하고 있는 그 친구를 위해 눈물을 흘리며 기도했다. 기도를 마치고 반 친구들에게 화를 냈다. 어제 가출한 친구에게 반 전체가 이메일을 보내자고 했는데 왜 아무도 보내지 않았느냐고 다그쳤다.

"너희들은 정이 메마른 놈들이야."

눈물을 흘리고 화를 내는 내 앞에서 아이들은 아무 말도 하지 않았다.

일주일 뒤 그 친구는 어머니와 함께 학교에 나타났다. 어머니께서 햄버거와 음료수를 잔뜩 사 들고 오셨다.

"선생님 못난 자식 놈 때문에 죄송합니다. 학교에서 정한 규칙에 따라 처벌해 주세요. 그리고 이 음식은 같은 반 아이들에게 나눠주세요. 정말 고마운 친구들이더군요. 일주일 동안 하루도 빠지지 않고 모두들 메일을 보내왔더라구요. 덕분에 이 녀석이 집에 돌아왔습니다."

알 수가 없었다. 왜 메일을 보내지 않았느냐고 내가 물었을 때는 아무런 말도 않더니…… 반장이 궁금증을 풀어주었다.

"선생님께서 메일 주소를 잘못 알려주셨어요. 그래서 말씀드리려고 했는데 너무 화가 나신 것 같아서 아무 말도 못했어요. 저희가 정확한 메일 주소를 알아서 메일을 보내고 메신저에 등록해서 계속 대화를 나눴거든요."

나는 내 눈물의 기도가 가출했던 아이를 돌아오게 한 줄 알았다. 강당에서 아무도 모르게 매일 삼십 분씩 기도를 한 것만이 큰 힘을 발휘한 줄 알았다. 내가 보낸 메일이 그 친구에게 감동을 준 줄 알았다. 그러나 내 메일은 엉뚱한 사람에게 배달되었고, 그 친구는 끈질긴 우리 반 아이들의 사랑 덕에 학교로 돌아온 것이라니, 가출한 친구를 구해 준 것은 내가 아니라 소리없이 움직이던 우리 반 아이들이었다니……

곰곰이 생각해 보면 난 환자다. 스스로 구원자가 되어야 한다고 믿는 메시아 콤플렉스에 시달리고 있는 환자. 학급의 모든 일의 중심에는 담임 선생인 내가 있어야 하며 반드시 모든 것을 해결하는 역할을 감당해야 한다는 강박 관념에 사로잡힌 환자.

지나친 희생 정신이 바로 교만이고 자기 만족이란 걸 얼마 전까지도 깨닫지 못했다. 내가 모든 것을 해야 한다고 생각하며 아이들과 만났다. 나의 모든 것을 불태워서 아이들을 사랑해야 한다고 생각했다. 그게 책임이고 권리라고 생각했다. 물론 완전히 틀린 말은 아닐 것이다. 그런데 하나가 빠졌다. '함께' 라는 말. 교육은 학생들과 함께 가야 하는 길이라는 생각을 머리는 하는데 가슴은 자꾸만 잊어버렸던 것이다.

나는 오늘 또 고백한다. 메시아는 사실 저 아이들이다. 메시아란 단어의 수많은 의미 중에는 '새 생명을 통치하는 자' 란 뜻이 있다. 그렇다면 이 세상의 새로운 생명을 통치할 자들은 내가 아니라 저 아이들일 것이다. 내가 고개 숙여 삶의 의미에 대해 묻고 삶에서 힘을 얻고 살아갈 존재가 바로 저들임을 고백한다. 그리고 서로 어깨 걸고 함께 걸어가야 할 저들에게서 희망을 발견하기 위해 나는 오늘도 낮아지는 연습을 할 것이다.

에필로그

내가 바란 것은

한 사내가 땀에 흠뻑 젖은 몸으로 장작을 패고 있다. 그의 어깨 근육은 아주 잘 발달되어 있다.—나는 그 사내처럼 멋진 근육을 가진 슈퍼맨이 아니다.

사내가 사용하는 도끼는 최상품인 것 같다. 하늘을 향해 번쩍 들어올리면 빛나는 태양과 만난 도끼는 자신감 있는 금빛 웃음을 보인다. 그리고 장작을 정확하고 매끈하게 두 조각 낸다.—나는 그 도끼처럼 강한 사람이 아니다.

장작은 아주 태연하게 있다. 자신이 둘로 혹은 셋, 넷으로 쪼개지는 아픔도 당연하게 받아들인다. 타오르는 불길 가운데로 떨어질 때도 늘 조용하다. 자신을 불태워 주변에 따스함과 밝음을 선물하고 한 줌 재로 남아도 장작은 아무 말이 없다.—난 그 장작처럼 희생 정신이 투철한 사람이 아니다.

나무를 패거나 자르거나 할 때 밑에 받쳐놓는 나무토막이 있다. 그것의 이름이 우리말로 모탕이다. 옛 어른들은 나무의 그루터기를 모탕으로 이용하기도 했다. 나는 다만 그 모탕 같은 사람이 되고 싶을 뿐이다.

생각하면 사람을 가르친다는 것은 얼마나 어리석고 모순되는 일인가. 스스로가 살아보지도 않은 세상을 살아가는 방법을 아이들에게 강요하고, 자신은 사용해 보지도 않은 수단을 진리인 양 연습시킨다. 제자와 선생은 분명 서로 다른 존재인데…… 그러므로 나는 어리석고 뻔뻔한 사람임을 고백한다.

나는 제자들에게 아무것도 요구할 자신이 없다. 제자들에게 새로운 세상을 펼쳐보이는 마술사가 될 자신도 없고, 먹으면 힘이 마구 솟는 알약을 처방하는 의사가 될 능력도 없다.

그래도 한 가지 약속은 할 수 있다. 모탕처럼 늘 그 자리에 있는 사람은 되겠다는…… 내려치는 도끼의 날이 바르게 사용되길 주의깊게 바라보며, 내 몸 위에서 잘 다듬어진 장작들을 자랑스러워하며, 사내의 근육이 노인의 지혜로 바뀌길 기도하며, 가끔 피곤할 때 누군가 쉬어갈 수 있도록 자신을 내주는 모탕이 되고 싶다.

그리고 모탕이 되려고 노력하면서 겪었던 여러 가지 웃음과 한숨을 앞으로도 함께 나누려고 한다. 먼 훗날, 제자 중에 한 명이 멋쩍어하면서 큰 죄를 지은 것처럼 내 모습을 흉내내려 할 때 해맑게 웃으며 자리를 내주고 조용히 먼지와 흙으로 사라지는 존재가 되는 것, 그것이 내 작은 희망이다.